沈从文　梁实秋　林海音等——著

下辈子，无论念与不念，都不会相见

江苏凤凰科学技术出版社

图书在版编目（CIP）数据

下辈子，无论念与不念，都不会相见 / 沈从文等著
. -- 南京 : 江苏凤凰科学技术出版社 , 2018.12
ISBN 978-7-5537-9635-2

Ⅰ . ①下… Ⅱ . ①沈… Ⅲ . ①散文集 – 中国 Ⅳ .
① I26

中国版本图书馆 CIP 数据核字 (2018) 第 207492 号

下辈子，无论念与不念，都不会相见

著　　者　沈从文　梁实秋　林海音等
责任编辑　倪　敏
责任校对　郝慧华
责任监制　曹叶平　方　晨

出版发行　江苏凤凰科学技术出版社
出版社地址　南京市湖南路 1 号 A 楼，邮编：210009
出版社网址　http://www.pspress.cn
印　　刷　北京鑫海达印刷有限公司

开　　本　880mm × 1 230mm　1/32
印　　张　7
版　　次　2018年12月第1版
印　　次　2018年12月第1次印刷

标准书号　ISBN 978-7-5537-9635-2
定　　价　45.00元

信仰高悬在未来的天空中，
人生就在它的吸引下努力奋进。

世间那么多美好的事情，
比如遇见你；
世间那么多动听的语言，
比如我爱你。

瑰丽雄奇的风景都在常人难及的
深谷山巅之处。

穿过岁月，
爱是不停止的风。

写给未来的你
（代前言）

孩子，我希望你自始至终都是一个理想主义者。

你可以是农民，可以是工程师，可以是演员，可以是流浪汉，但你必须是一个理想主义者。

童年，我们讲英雄故事给你听，并不是一定要你成为英雄，而是希望你具有纯正的品格。

少年，我们让你接触诗歌、绘画、音乐，是为了让你的心灵填满高尚的情趣，这些高尚的情趣会支撑你的一生，使你在最严酷的冬天也不会忘记玫瑰的芳香。

孩子，不要为自己的外形担忧，理想纯洁你的气质，而最美貌的女人也会因为庸俗而令人生厌。通向理想的途径往往不尽如人意，而你亦会为此受尽磨难，但是，孩子你尽管去争取，理想主义者的结局悲壮而绝不可怜。

在貌似坎坷的人生里，你会结识许多智者和君子，你会见到许多旁人无法遇到的风景和奇迹，选择平庸虽然稳妥，但绝无色彩。

不要为蝇头小利放弃自己的理想,不要为某种潮流而改换自己的信念。

物质世界的外表太过复杂，你要懂得如何去拒绝虚荣的诱惑，理想不是实惠的东西，它往往不能带给你尘世的享受，因此你必须习惯无人欣赏，学会精神享受，学会与他人不同。

其次，孩子，我希望你是个踏实的人。

人生太过短促，而虚的东西又太多，你很容易眼花缭乱，最终一事无成。

如果你是个美貌的女孩，年轻的时候会有许多男性宠你，你得到的东西太过容易，这会使你流于浅薄和虚浮；如果你是个极聪明的男孩，又会以为自己能够成就许多大事而流于轻佻。

记住，每个人的能力有限，我们活在世上能做好一件事足矣。

写好一本书，做好一个主妇。不要轻视平凡的人，不要投机取巧，不要攻击自己做不到的事。你长大后会知道，做好一件事太难，但绝不要放弃。

你要懂得珍惜感情。

不管男人女人，不管墙内墙外，相交一场实在不易。

交友的过程会有误会和摩擦，但想一想，偌大世界，有缘结伴而行的能有几人？你要明白朋友终会离去，生活中能有人伴在身边，听你倾谈，倾谈给你听，你应该感激陪伴你的人。

要爱自己和爱他人，要懂自己和懂他人。

你的心要如溪水般柔软，你的眼波要像春天般明媚。

你要学会流泪，学会孤身一人坐在黑暗中听伤感的音乐。你要懂得欣赏悲剧，悲剧能丰富你的心灵。

希望你不要媚俗。

你是个独立的人，无人能抹杀你的独立性，除非你向世俗妥协。

要学会欣赏真，要在重重面具下看到真。

世上圆滑标准的人很多，但出类拔萃的人极少。而往往出类拔萃又隐藏在卑琐狂荡之下。在形式上我们无法与既定的世俗争斗，而在内心我们都是自己的国王。

如果你的脸上出现谄媚的笑容，我将会羞愧地掩面而去。

世俗的许多东西虽耀眼却无价值，不要把自己置于大众的天平上，不然你会因此无所适从，人云亦云。

在具体的做人上，我希望你不要打断别人的谈话，不要娇气十足。你每天至少要拿出两小时来读书，要回信写信给你的朋友。

不要老是想着别人应该为你做些什么，而要想着怎么去帮助他人。不要随便接受别人的恩惠，要记住，别人的东西，再好也是别人的；自己的东西，再差也是自己的。

孩子，还有一件事，虽然做起来很难，但相当重要，这就是要有勇气正视自己的缺点。

你会一年年地长大，会渐渐遇到比你强、比你优秀的人，会发现自己身上有许多你所厌恶的缺点，这会使你沮丧和自卑，但你一定要正视它，不要躲避，要一点点地加以改正，战胜自己比征服他人还要艰巨和有意义。

不管世界潮流如何变化，但人的优秀品质却是永恒的：正直、勇敢、独立。我希望你是一个优秀的人！

文 / 张梅

目录

| 第　一　辑 |

这一世，我们不必超凡，但绝不能过低配的人生

我们每一个人都有自己的不足和局限，也都拥有让别人羡慕不已的东西。敬畏每一寸光阴，沿着自己的弹道前行，终将旋出黑暗奔向光明。

| 第 二 辑 |

理想让生命更加虔诚，愿你的青春不负梦想

不要因一时的艰难而放弃自己的理想，不要为某种潮流而改换自己的信念，向着梦想飞奔，理想不会抛弃苦心追求的人。

| 第 三 辑 |

你现在的气度，藏着走过的路，读过的书

在自然的世界里，人生就是要走向生命的远方；而在心灵的世界里，人生就是要走向诗意的王国。书是心灵的远方。

| 第 四 辑 |

愿我们淡定从容，内心柔软且有力量

优雅的人生，是一颗平静的心，一个平和的心态，一种平淡的活法滋养出来的从容和恬淡。

| 第 五 辑 |

不攀附不将就，以自己喜欢的方式过一生

行走红尘，别在欲望中迷失了方向，要让那些够得着的幸福安全抵达。自觉修行的生命，会在每一刻都说出得体的话，在熨帖中开出最美的花。

| 第 六 辑 |

人生漫漫，我陪你长大，你陪我变老

儿女每一次成长，父母都会增添一道皱纹、一丝白发。天下的儿女们，赶快为你的父母尽一份孝心，趁他们健在的光阴。

— 第一辑 —

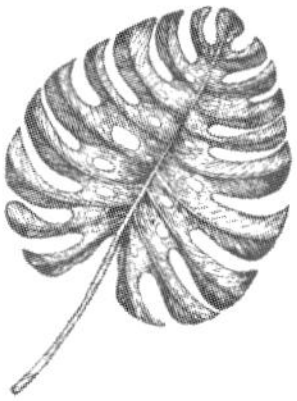

这一世，我们不必超凡，但绝不能过低配的人生

我们每一个人都有自己的不足和局限，也都拥有让别人羡慕不已的东西。敬畏每一寸光阴，沿着自己的弹道前行，终将旋出黑暗奔向光明。

文／梁晓声

我开始告诉儿子

儿子九岁。明年上四年级。

我想，我有责任告诉他一些事情。

其实我早已这样做了。

儿子爱画。于是有朋友送来各种纸。儿子若自认为画得不好，哪怕仅仅画一笔，一张纸便作废了。这使我想起童年时的许多往事。有一天我命他坐在对面，郑重地严肃地告诉他——爸爸读小学三年级的时候，从来没见过一张这么好的纸。爸爸小时候也爱画，但所用的纸，是到商店去捡回来的。包装过东西的，皱巴巴的纸，裁了，自己钉了。便是那样的纸，也舍不得画一笔就作废的，因为并不容易捡到。那一种纸是很黑很粗糙的，铅笔道画上看不清，因为那叫“马粪纸”……

“怎么叫‘马粪纸’呢？……”

于是我给他讲那是一个怎样的年代。在那样的一个年代，几乎整整一代共和国的孩子们，都用“马粪纸”。一流大学里的教授们的讲义，也是印在“马粪纸”上的。还有书包，还有文具盒，还有彩色笔……哪一位像我这般年龄的父母，当年的书包不是补了又补，文具盒一用几年乃至十几年呢？……

“爸爸，我拿几毛钱好吗？”

“干什么？”

“想买一支雪糕吃。”

我同意了。几毛钱也就是七毛钱，因为一支雪糕就是七毛钱。

于是儿子接连每天吃一支雪糕。

有一天我又命他坐在对面，郑重地严肃地告诉他——七毛钱等于爸爸或妈妈每天工资的一半。爸爸从小学一年级到六年级，总共吃了还不到三四十支——当然并非雪糕，而是“冰棍”，且是三分钱一支的，舍不得吃五分一支的，更不敢奢望一毛一支的。只能在春游或开运动会时，才认为自己有理由向姐姐要三分钱或六分钱……

我对儿子进行类似的教育，被友人们碰到过几次。当着我儿子的面，友人们自然是不好说什么的。但背过儿子，皆对我大不以为然。觉得我这样做父亲，未免煞有介事，甚至挖苦我是借用“忆苦思甜”的方法。

友人们的“批判”，我是极认真地想过的。然而那很过时的，可能被认为相当迂腐的方法，却至今仍在我家里沿用着。也许还要一直沿用到儿子长大成人。打算在他干脆将我的话当耳旁风的时候打住。

所幸现今我告诉了他的，竟对他起到了一定的影响。

一次，儿子把作业本拿给我看，虔诚地问：“爸爸，这一页我没撕掉。我贴得好吗？”

那是跟我学的方法——从旧作业本上剪下一条格子，贴在了写错字的一页上。

我是从来舍不得浪费一页稿纸的，尽管是从公家领的。

那一刻我内心里竟十分的激动，情不自禁地抱住他亲了一下。

“爸爸，你为什么哭呀？”儿子困惑了。

我说："儿子啊，你学会了这样，你不知爸爸多高兴呢！"

我常常想，我们这一代人中的绝大多数，都是拉扯着我们父母的破衣襟，跟着共和国趔趄的步子走过来的。怎么，我们的下一代消费起任何东西时的那种似乎理所当然和毫不吝惜的损弃之风，竟比西方富有之国富有之家的孩子们要甚得多呢？仿佛我们是他们的富有得不得了的爸爸妈妈似的。难道我们自己也荒诞到这么认为么？如果不，我们为什么不告诉他们一些他们应该知道的事呢？

我的儿子当然可以用上等的复印纸习画。可以有许多彩色笔，可以不必背补过的书包，可以想吃"紫雪糕"时吃一支……

但是他必须明白，这一切的确便是所谓"幸福"之一种了。

我可不希望培养出一个从小似乎什么也不缺少，长大了却认为这世界什么都没为他准备齐全，因而只会抱怨乃至憎恶的人。

无忧无虑和基本上无所不缺，既可向将来的社会提供一个起码身心健康的人，也可"造就"成一批少爷。

而这个国家这个民族，是再也养不起那么多少爷。现有的已经够多的了！

难道不是么？

少爷小姐型的一代，是对任何一个国家一个民族最大的报应。而对一个穷国一个正在觉醒的民族，则简直无异于是报复。

文／梁晓声

心灵的花园

谁不希望拥有一个小小花园？哪怕是一丈之地呢！若有，当代人定会以木栅围起。那木栅，我想也定会以各人的条件和意愿，摆弄得尽可能的美观。然后在春季撒下花种，或者移栽花秧。于是，企盼着自己喜爱的花儿，日日的生长、吐蕾，在夏季里散紫翻红开成一片。虽在秋季里凋零却并不忧伤。仔细收下了花籽儿，待来年再种，相信花儿能开得更美……

真的，谁不曾怀有过这样的梦想呢？

都市寸土千金，地价炒得越来越高。今后将更高。拥有一个小小花园的希望，对寻常之辈不啻是一种奢望，一种梦想。

我想，其实谁都有一个小小花园，谁都是有苗圃之地的，这便是我们的内心世界。人的智力需要开发，人的内心世界也是需要开发的。人和动物的区别，除了众所周知的诸多方面，恐怕还在于人有内心世界。心不过是人的一个重要脏器，而内心世界是一种景观，它是由外部世界不断地作用于内心渐渐形成的。每个人都无比关注自己及至亲至爱之人心脏的健损，以至于稍有微疾便惶惶不可终日。但并非每个人都关注自己及至亲至爱之人的内心世界的阴晴，己所无视，遑论他人？

我常“侍弄”我心灵的苗圃。身已不健，心倘尤秽，又岂能活得好些？职业的缘故，使我惯对自己和他人的心灵予以研究。结论是——心灵，亦即我所言内心世界，是与人的身体健康同样重要的。故保健专家和学者们开口必言的一句话，不仅仅是“身体健康”，而且是“身心健康”。

我爱我的儿子梁爽。他小学五年级。这正是一个人的内心世界开始形成的年龄。我也常教他学会如何“侍弄”他那小小心灵的苗圃。“侍弄”这个词，用在此处是很勉强的，不那么贴切，姑借用之吧！意思无非是——人自己的内心世界如果自己惰于拂拭，是会浮尘厚积、杂草丛生的。也许有人联系到禅家的一桩“公案”——“时时勤拂拭，莫使惹尘埃”之说的“俗”和“心中无一物，何处惹尘埃”之说的“彻悟”。

我系俗人，仅能以俗人的观念和方式教子。故我对儿子首先的教诲是——人的内心世界，或言人的心灵，大概是最容易招惹尘埃、沾染污垢的，“时时勤拂拭”也无济于事。心灵的清洁卫生只能是相对的，好比人的居处的清洁卫生只能是相对的。而根本不拂拭，甚至不高兴别人指出尘埃和污垢，则是大不可取的态度，好比病人讳疾忌医。（节选）

文／鲁先圣

成才没有捷径

怎样才能成才？其实没有什么捷径，大处着眼，小处着手，就足够。奇怪的是，绝大多数的人，总是好高骛远，从来不屑于把自己每一天手边的小事做好。这些人永远不明白，手边的一件件小事，正是宏伟大厦的一块块砖瓦。所以，成功学家说，细节决定成败。

怀才不遇的情形是常有的，比如姜子牙遇见姬昌之前不过是一个贩夫走卒，百里奚拜相之前不过是一个饲养牛马的人，诸葛亮在刘备三顾之前也不过是一个乡野村夫。但是，很多人“怀才不遇”的痛苦却是一个伪命题，之所以总是“不遇”，实际的情况是，自己并不是一个真正的人才，不过是一个庸才的刚愎自用和自以为是罢了。

一些人抱怨得不到理解与尊重，自己的才干没有用武之地。这样的情形，其实自古以来并不少见，苏秦兄嫂的“前倨后恭”，走上绞刑架的苏格拉底，还有爱因斯坦、哥白尼，哪一个不是成功之前备受误解甚至羞辱的？最重要的是，你真的是最后佩六国相印的苏秦和发现了相对论的爱因斯坦吗？还是曾国藩的话说得好：要得到尊重，唯有把自己变得足够强大。自己强大了，一切问题都不复存在。

或者退一步想，我们不是肩负神圣重任的布道者，自己的事情为什么要让所有人理解认可？所以，可怜的悲剧，并不是自己得到多少理解，而是渴望得到理解本身的想法和纠结。想通了这一层之后，万事释然，从容不迫，你就是一个举重若轻的智者了。

很多艺术家都不大注意外表的修饰，甚至不修边幅、浪迹江湖。所以，艺术圈里有一些在思想或技艺方面无法达到一定高度的人，总是刻意模仿，以标新立异、不修边幅来标榜自己也是一个艺术家了。其实，一个杰出的艺术家，绝对不是靠标新立异成名，人们也不会因为你的不修边幅就认为你是一个艺术家。

时光一刻也不停息，如果不愿做落伍者，我们只有一个选择：与时间同行！上一个机遇没有赶上，也没有必要悲观，只要乘在时间的船上，就不会再坐失良机。

俄罗斯有一句谚语说：一个男人一生必须完成三个任务，盖一座房子，生一个孩子，种一棵树。孩子传承他的血脉，房子安顿他的家庭，树把他的根永远留在故乡。这三个任务都不难完成，可是，想想身边的朋友，还真的有很多人并没有完成，起码是没有在故乡种一棵树，自己的灵魂四处漂泊，无所归依。

时间是最公正的判官，在时间的天平上，一切的人和事，最终都将大白于天下。你虚度了年华，荒废了光阴，时间最终会把你打入卑微者的行列。而敬畏每一寸光阴，每一天兢兢业业的人，时光则最终把他送上高贵的天堂。

文／孙道荣

教子

回家。在我前面，手拉手走着一对母子，孩子四五岁的样子，虎头虎脑，很可爱。

小区门口的岗亭上，笔直地站着一位保安。小区物业为了改善小区的形象，做到文明服务，要求值勤保安在业主经过时，必须敬礼。母子从保安身边走过时，保安“啪”地向他们敬了一个标准的军礼。年轻的妈妈牵着儿子的手，忽然停了下来，弯下腰对儿子说，叔叔向你敬礼，你是不是应该表示感谢啊。孩子看看妈妈，又仰头看着保安，也抬起手臂，学着保安的样子，敬了个礼，并用稚嫩的童音对保安说，谢谢叔叔。年轻的保安脸竟然红了，连连摆手，小朋友，这是我们应该做的。妈妈蹲下身，赞许地对孩子说，小朋友就应该这样讲礼貌。得到妈妈的表扬，孩子一脸灿烂。

这一幕，让我非常感动。很钦佩这位年轻的妈妈，通过这样一些细小的举动，不失时机地给孩子以做人的教育，让孩子从小就懂得尊重别人，礼貌待人。

他们沿着小区的道路，朝前走去，我也继续跟在他们后面往家走。

孩子一边走，一边还在兴奋地和妈妈讨论这件事。“刚才那个保安叔叔，好帅啊。”孩子说。年轻的妈妈点点头。孩子忽然仰起脸，激动地对妈妈说：“长大了我也要当保安，妈妈，你说好吗？”妈妈停下了脚步，瞪着孩子，说：“没出息！长大了，你要像爷爷一样当领导，或者像爸爸一样，自己做老板。只有没出息的人，才会去做保安。”似乎还觉得不够，年轻妈妈又重重地加了一句：“儿子，我跟你讲，长大了你要是不好好念书，就只能像刚才那个保安一样，一辈子没出息地替别人站岗，明白吗？”孩子似懂非懂地点点头。

听着这对母子的对话，我惊愕不已。年轻的妈妈，又一次拿活生生的例子，教育了一回自己的孩子。可是，这前后两次的教育，多么截然不同啊。

这让我想起另一次经历。年前的一天，单位组织一帮人去慰问扶贫结队户。一位同事将儿子也带上了，他的儿子正上小学三年级，淘气得不得了，在家里像个小皇帝一样。同事想找个家里有同龄孩子的困难户，一方面帮他们一把，另一方面也给自己的儿子好好上一课，让他认识到自己的生活已经多么幸福。慰问了单位结队的困难户后，在村支书的引荐下，我们陪着那位同事来到了一个困难户家庭。这是一个特别困难的家庭，女主人因重病常年卧床不起，两个孩子，一个读初中，一个上小学，全家的重担，全落在了男主人一个人的肩上。男主人没读过几年书，什么手艺也没有，连像别人那样进城打打工都不可能，日子过得很艰难。在介绍了情况后，同事拿出了事先准备好的红包，让儿子亲手交给困难户家的男主人。男主人推阻再三，最后，在我们的劝说下，从孩子的手上接过了那个红包。同事的儿子还掏出了自己的几十元零花钱，送给了困难户家上小学的孩子。两个孩子的手，紧紧地拉在了一起。

回来的路上，我们对同事的做法都大加赞赏，一致认为，这是一堂生动的教育课。同事摸着儿子的头，夸奖他今天的表现非常好。孩子有点害羞地低下了头。没想到，同事又趁热打铁地教育儿子：“看到了吧，回去不好好读书，将来你就会和那个叔叔一个下场。”

一车人错愕不已。

也许我的这位同事，与我在小区所遇到的那位母亲一样，急迫地想教育好自己的孩子。可是，这一课的背后，是多么让人悲凉和痛心的现实啊。我不能确定，我们在孩子心灵中，到底埋下的是怎样一颗种子。

文／周海亮

孩子，有些东西不属于你

我在始发站上了公共汽车，坐到最后一排。在我的后面，紧跟着上来一对母女。妈妈三十多岁，戴着无框眼镜。她的女儿五六岁，怀里紧抱着一只毛绒玩具。那时车厢里尚有部分空座，可是小女孩瞅瞅那些空座，然后坚定地指指我，对她妈妈说：“我要坐那里。”

我愣住了。

女人抱歉地冲我笑笑。她低下头，对小女孩说：“咱们去那边靠窗的位置坐吧。”

“不，我要坐那里！”小女孩再一次指指我。

我不知道小女孩为什么非要坐到我的位置。但我知道，现在她与妈妈犟上了，任女人如何哄她，她就是站在那里，不肯随女人去坐。她不去坐，女人也不去，两个人站在狭窄的过道里，任很多人用异样的目光打量她们。

我想，现在小女孩想要的并非是一个座位，而是一种满足。习惯性的满足，有理或者无理要求的满足。或许大多数时候，她的这种满足可以在家里得到，在她妈妈那里得到。问题是，现在，她并不是在家里。

“你应该向我要这个座位，而不是你的妈妈。”我终于忍不住了，提醒她说。

小女孩似乎没有听到我的话。她看着妈妈，拽着妈妈的手，说：“我要坐那里，我要坐那里。”

“那你们过来坐吧。”我说，“你和你妈妈挤一挤，或者你妈妈抱着你……”虽然我并不想惯着她，可是我实在不忍看到女人尴尬的模样。

“不！”她说，“我不要和妈妈一起坐！我要一个人坐！”

这就太过分了。或者说，对她的妈妈来说，这已经远非胡搅蛮缠，而是威胁了。

我告诉小女孩，她乘公共汽车是免费的，她的妈妈并没有为她花一分钱。既然是免费，公共汽车上就没有给她准备座位。现在我把座位让给她，她应该把座位让给妈妈。或者，就算她花了钱，就算她有一个座位，有老人或者孕妇上来，她也应该给他们让座。现在，全社会都在这样做。

“我要坐那个座位！”小女孩对我的话充耳不闻，她一门心思缠着她的妈妈。

我想起一个词：教养。

那天，直到终点，我也没有给她让座。我始终坐得安安稳稳，再也没有和小女孩说一句话。而她则始终站在我的面前，拽着妈妈的手，每隔一会儿，就要说一遍“我要坐那个座位”。

可是，没有用。她的要求在今天、在这辆公共汽车上、在我的面前，注定不会得到满足。

车上的人看着我，看着她，看着她的妈妈，目光里，各种情绪都有。但不管如何，我想，大概没有人觉得这个小女孩可怜，也没有人觉得我应该把座位让给她。

那天我必须拒绝她，不仅要用语言，还要用行动。我想告诉这个小女孩：这世上，有些东西并不属于她。不属于她的东西，并非撒娇，或者威胁唯一可以对她没有立场和底线的妈妈就可以得到的。

小女孩终会长大，但愿长大后她会明白：世界不是她家的客厅，别人的东西不是她怀里的毛绒玩具，别人也绝非她的妈妈。

这是世间最为简单的道理。

文／梁晓声

给儿子的留言

儿子：

你今天放学，爸爸已回哈市了。在你期末考试前，不知能否回来。因为四叔昨天夜里突然从哈市打电话来说奶奶病了，正于医院抢救中……

你无法完全理解爸爸对奶奶的亲情。这亲情中包含着太多太多儿子对母亲的内疚。等我从哈市回来再讲给你听——爸爸有一种极不祥的预感，可能爸爸此一去，将永远失去爸爸的妈妈了。写到这，眼泪在爸爸眼里转……

但爸爸给你留言，主要是关于你对考试的态度嘱咐你几句——当了爸爸妈妈的中年男人女人几乎都这样，一颗心分几瓣儿。主要的两瓣给儿女，给自己的爸爸妈妈。所谓“上有老，下有小”。你将来人到中年，那时你也会有深切的体会……

我认为——你已经努力学习了。这爸爸看到了，妈妈也看到了。所以，无论你此次考得多么差，爸爸妈妈都不会埋怨你的。因为你已经尽到自己是学生的义务，已经表现出自己对自己的责任心。父母因为一次考试的失利而埋怨你这样一个儿子是错误的，对你也是不公平的。

考试——能否正常发挥自己的学习水平很重要。所谓正常，其实就是尽量做到凡是自己会的，能答对的，不丢太多的分，甚至不丢分。

当然，要做到这一切也不容易。因为考试是一种特殊氛围的“场”。在规定的时间内，面对那么多页考卷，考生难免心里紧张。一紧张，每每会的，也似乎不会了。

一道难题卡住，纠缠过久，时间不允许；干脆放弃，丢分又太多。以为对于别的同学根本不算难题，自己觉得难，仍因自己太笨。考场的氛围这么一想，先自气馁，于是自信崩溃……

以上种种，皆考场紧张的原因。一半源自于外界，比如以前没考好，爸爸妈妈曾给脸色看；一半源自于内心，怕在同学中太失面子。

爸爸妈妈以前确因你没考好曾给你脸色看过。但那时你太贪玩，学习缺乏上进心。现在你不是改变了吗？你既改变了，爸爸妈妈对你的考试成绩的态度，不是也改变了吗？

好固可喜，差亦欣然——这是爸爸妈妈的保证，首先绝对是爸爸对你考试成绩的真实不相欺的态度。

中国的教育体制有问题，这是你们前几代学生所面对的现实；你们必须顺应着有问题的教育体制，这是你们前几代学生所面对的另一现实。

两种现实加起来，严重影响你们的人生，但再严重，也仅仅是影响而已，断不会裁定。目前中国求知识的途径正多起来，别的途径也可以成材，并进而推动人生。

这么一想，一次考试成绩不理想又怎样？高考落榜又怎样？——是遗憾，但绝非是人生的深渊。

总之我是在指出——爸爸妈妈能正确对待了，你自己反而不太能正确对待了似的。否则你为什么临考前总失眠呢？为什么仅仅一科失利，就阴云满面呢？

想想那些参加奥运会的各国运动员吧！四年一幕，有人苦练四年，只为一搏。也有人一搏失利，由于年龄原因，以后无再搏的时机，那他们不活了吗？

要学他们面对挫折的心理承受力。

除了心理要调整，“战术”上也要调整。

爸爸给你的建议是——不在难题上纠缠太久。看了两遍还没找到解题的良好感觉，那么干脆绕过。将会的题、易的题全解完了，回头来再“攻克”。倘已没时间，拉倒。总之，一味只管做下去，遇难题就绕行，先将有把握的分数拿下来再说。

高考前的一切考试，不过是“热身”似的考试，意义在于经验的积累和教训的总结。

考数学前一天，不必苦苦钻研。干脆放松，连书也不翻。应该静下心来，回想一下——自己以往所遇难题，有几种类型？解题方法和思路有什么规律性？其题可变异为另外哪几种类型？如何看出特征，识别其变异？

考语文前一天仍然看书，还有外语，两门是须强记的学科，多记一点儿，便有多获几分的可能。作文勿跑题，不求事例新，但求事例准，较严格地符合题意。

倘“出师不利”——第一天没考好，哪怕两门都没考好，也不要沮丧。

只不过是高二第一学期，说明不了什么根本问题。

见你已酣睡，不忍心推醒你，故留此言。因明天你起得早，爸爸醒来已肯定见不到你了……

儿子，请在内心里替奶奶祈祷几次！

爸爸于夜

文／舒婷

临别赠言

明年儿子如果考上大学，就会远走高飞。曾经非常想到北京念书，因为他自以为跟北方孩子十分投缘，其实他认识的只是父母的朋友，以及朋友们的孩子。最近他又琢磨着要报考本市大学，图的是离家近，“至少被褥可以带回家洗，还常常吃顿好的”。儿子投放在餐桌上的注意力，一向仅次于足球场。

儿子生长在鼓浪屿，高中以后才到厦门去，那不过是比鼓浪屿稍大一点的岛屿罢。学校不设寄宿，每天吃了早餐赶乘五分钟渡轮转公车去上学，中午吃快餐，饿狼一样扑回家吃晚饭。寒暑假我们尽量带他出门旅游，朋友聚会都有他的一席之地，他的性格相对开朗活泼。但是，我和他老爸自认都有不同程度的“孤岛意识”，加上独生子女多数有一点自闭，我怂恿他到北方读书（福建人看来，江西、浙江就算北方了），经历不同的生活环境，锻炼生存能力。

只要设想儿子离家（其实还有一年多），不由心中发虚，好像要挖掉一大块肉似的。已不需为他“临行密密缝”，ADIDAS 的衣服不及穿破，就换了 POLO。做母亲的，满腹仍然“意恐迟迟归”的吩咐，只怕儿子不耐炙人的“三春晖”，先溜远了“寸草心”。为使自己届时不乱了阵脚，题词在此。

第一，关关雎鸠，在河之洲。

有一天儿子回家的时间超过预算，他解释说：“到本区幼儿园看望丈母娘哩。”实际上他是去完成规定的社会实践，教娃娃们唱歌。有时他装出一脸沮丧以示清白：“我从小到大都没谈过恋爱，岂不是太没有面子了。”

好吧儿子，爱情迟早会来临。有时像春雨，润物细无声，等你觉醒，它已根深叶茂；有时像一记重锤，当胸一杵，顶得你耳鸣目眩，心碎肠断；有时像台风过境，既是烈焰般的轰轰烈烈，也具有毁灭性的一面；更多是普通人的爱情，游戏般的挫折和考验，小小的惊喜和甜蜜，平淡、庸常、琐碎，然而持久。

我不信任中学时代的恋爱。高中功课紧张，压力大，需要付出全部精力和时间。尤其前景未明，你很难预测你的心上人会不会和你考上同一所大学，更难预测你们有没有足够的爱情，来忍受至少四年的分离，包括抵挡其他诱惑。我还不至于土到一提谈恋爱就考虑天长地久，但我也不能新潮到把爱情当摩登时尚或一剂精神泻药。不管初恋成功或失败，不管它是一生一世或者仅仅过眼烟云，都必须真诚对待，才不会辱没了你和你所爱的人。

既然避孕套已发放到某些较开明的大学校园，朝夕相处的大学生活，将在青春期的男女之间燃点什么热度的情感，孩子们有更多的信心和空间自己选择。他们不愿让父母参与，以此作为独立宣言。

我的忠告是：第一次性经验（文明说法叫第一次亲密接触），最好是和你所爱的人。这会使你对性爱认识有比较健康的、和谐的、美好的开端，避免造成心理损伤。如果女朋友怀孕了怎么办？你们两个好好商量，共同做出决定要不要这个孩子，然后取得父母的谅解和帮助。根据中国国情，这类事通常认为是女孩子吃亏，因此她的父母比较难以接受，往往需要时间沟通。儿子，如果是这样，无论你们打算结婚与否，你都可以指望我们的理解和尊重，在经济上和道义上得到完全的支持。我们将以你的幸福为幸福，因此会尽最大努力来爱你所爱的人，无论我们之间的生活方式和观念有多大的差异。

第二，吸烟何止危害健康？！

我的父兄不吸烟，丈夫和公公亦无烟史，家中一直是天然无烟区。偶尔夜归，见男童三两，缩在黑巷里，轮流吸着烟头，不由担心起来。问儿子：“你是不是觉得抽烟很神秘？如果你和班上男同学想知道什么叫吸烟，就邀请他们到家里来，我买包好烟，你们可以安全地尝试。”这只是像接种疫苗一样，试图给孩子提高对香烟的免疫力。因此还需郑重告诫：“当然，必须到此为止。”

儿子对这项新出台的家庭开放政策只是嘻嘻一笑：“妈妈你忘了我有多严重的过敏性鼻炎，烟只有熏老鼠的功能，哪还有香的效果？”

可我不知道儿子离家后，会不会在环境的压力和诱惑下改变初衷？只要他吸烟，就有可能接触毒品。国内外有那么多报道，都是关于毒贩子将混了毒品的香烟免费发放给孩子们，最后孩子们沦落成为他们的囊中之物。我对毒品深恶痛绝势不两立，令我忘记恐惧，然而积极防卫却必不可少。

因此儿子，如果你发现已自觉不自觉染上毒瘾，你要鼓起勇气，全身心投入一场严酷斗争，为挽救自己生命、前途和幸福而永远不要气馁，永远不要放弃。如果这样（我但愿假设永远只是假设），这不是你一个人的战争，是一个家庭，乃至全社会的共同歼灭战。你将得到所有正义力量的援助，你的父母将不惜一切代价，紧紧握住你的手，直到你彻底摆脱恶魔的阴影。

第三，是哪一只手，放在你的肩膀上？

儿子，无论你遇到什么，失恋、伤痛、过失、吸毒、战争，我都将义无反顾保持精力和信心，为你的康复与你一起努力斗争。任何时候你感到孤单，渴求温暖，你都会看到身后有我，你从不远离、永不失望的母亲。

像你的同代人一样，你是我们的独生儿子。我们一直鼓励你和同龄孩子交朋友，为你举办 PARTY，支持你参加学校各项活动；不问给你打电话的是谁，仅适当管制时间，因为你有功课，而我们也需要用电话。我自己从小依赖友情，上帝慷慨赐予我许多肝胆相照的朋友，他们不但是我一生最大的财富，其柔光淡彩，同样荫护在你成长过程中。

我深信儿子将有自己的好朋友，不管是红颜知己还是管鲍之交，相知、默契、忠诚而久远。我是一个中国母亲，接受的更多是传统教育，多次因文化交流进出西方国家，使我对同性恋问题感受良深。据有关研究报道，说同性恋是由于遗传基因所决定，不完全归结为病态，是一种生理现象，不能以正常或不正常来区分同性恋者。但是即使在西方，如果儿子 17 岁了还没有女朋友，父母便有些忧心忡忡。无论他们用民主思想如何说服自己，想到孩子的一生将遇到那么多的压力，没有家庭，没有后代，求职谋生的坎坷凄凉，亲朋的疏离斜视，有哪个妈妈内心不悲痛欲绝？

杯弓蛇影的我仔细观察着，看来儿子没有这个倾向。他对女生的兴趣和评判，对男生的欣赏和交往，都和大多数男孩子一样。

儿子，将来你会住到男生宿舍里，有许多晨昏相见的室友。相互投缘就建立友谊，不太喜欢就以礼相待，哪怕口角摩擦，都很正常。如果哪一个男孩的热情里掺有其他成分（这一种接触很容易分辨），儿子，你可以私下坦率告诉他，你有女朋友了。可能这是谎言，你仅是在表白你的性爱方式，而且考虑到不伤害人。憧憬并期待你的爱情瓜熟蒂落，不要轻易让别的什么赝品替代。

我将无限欣喜欢迎我的儿子，当他挽着一个姑娘的肩膀，把她带到家里。

儿子从我的肩后看到这段文字，补充说："更有可能的是，我只会抱回一个小贝比，说：请你暂时收养我的孩子吧，妈妈。"

呵，儿子，我很愿意。（节选）

文／舒婷

小气的男人与撒谎的女人

民间故事及寓言里，悭吝鬼都是清一色男人。自古以来，小气的男人虽不必遭道德方面的谴责，却被挖苦得体无完肤。在中国传统“男主外、女主内”的教育下，要在社会生活中混得体面的男人往往是豪爽慷慨的，尤以武侠小说中的男主角为甚。女人因为经济来源于他人谋生是否得法，操持一家柴米油盐又责无旁贷，未雨绸缪正是传统女人节俭的美德。

生长在厦门这样一个港口码头，对厦门人的江湖气深有体会。我老爸 20 世纪 70 年代因右派释放回乡，沦落火车站附近扛包。年关，见一圈人，围一中年教师。那教师丢了钱包，脱一件厚绒衣，说换九元钱买一张火车票回家。那绒衣全新，值九元钱，还要 12 尺布票。老爸塞十元在那人手心，抖开绒衣披在原主儿身上，说：“我这也是做苦力挣的。给你地址，到家后给我邮钱来。”不久果然收到汇款，还有一小包红菇。熬汤，鲜美无比。

豪爽的厦门人对福州人有极深偏见，编出许多小气的福州男人轶闻，告诫自家女儿别上贼船。

姑娘 A 和福州小伙子 B 一起上街。男女恋爱故事即便在 20 世纪 80 年代也因为居室的拥挤而大多发生在街上。

他们一起去看电影。A 娉娉婷婷在影院门口消闲，只听见 B 在售票处大喊："我已买好我的票，你快来接着买，这样我们可以连座。"

从影院出来，经一家热气腾腾小吃店。A 建议："天冷，进去要碗馄饨吧？"B 慨然应诺："行，你进去吧。我不饿，我在外头等。"

我虽土生土长厦门，却因为工作单位的原因，入籍福州也有 10 多个年头，谨小慎微的福州人确实不少，真正像上面故事中那般出类拔萃的"福州人"尚没有见到，特此平反。

几年前常到北京开会，顾城夫妇到宾馆看我，必骑自行车。话题正酣时，突然惊觉，开窗探头，检视自行车是否原位。其实从他家到宾馆，乘地铁既方便又便宜，只要一毛钱。谢烨说："舒婷，正是为了这一毛钱，我们才骑车的。"顾城的稿费几乎都是三元五元地来，有次竟来了笔巨款五十元。两人欢天喜地步行穿过公园到一家储蓄所去存款。次晨想起需买面粉和大白菜，便携手去领十元钱出来。下午又想到还得换自行车轮胎，又去领十元。储蓄所出纳忍无可忍，说："你们可以不可以把明天上午和明天下午的钱一起取走？"

旁听者无不捧腹。顾城还沮丧地说，就因为来回地走路，鞋底又磨穿了一个大洞，遂又取款买鞋。

这是穷，不是小气。因为那天中午，好几个写诗的朋友一起到邻近的小饭铺吃午饭，只有极便宜的凉面和马尿味的塑料杯装啤酒。其他几条汉子侃诗侃累了，目光炯炯围坐小方桌前等饭吃，唯有顾城起身到柜台前与我争付款，把一张十元的钞票几乎揉烂了。即便在福州，我也从未碰到五六个大男人吃饭，不但没有人抢付钱，甚至也不帮忙端菜取杯子什么的。

那时节大家都穷，原也怨不得的。到了今天，不是仍有个刻薄的笑话：说京都有位男作家，收入甚丰，如果他向你敬烟，你是一定不能接的，因为那烟必定是霉的。

现代女子因为她们特殊的魅力和能耐，她们的坚韧不拔，无孔不入，令男人们惊呼为女强人。先是女排一榔头折服全国男人，文学界阴盛阳衰议论一时，而今商界佳丽穿插其中，正待向政界冲刺。若有老板级的铁母鸡，她手下的男士所感觉的磨难必空前，因为女老板若也一毛不拔，那是比铁公鸡们在行。

不过，巾帼气的女士越来越多，相聚时，说起某某，极为不屑：“像个小男人那样抠门！”

和小气的男人同道，腰包坚硬的话，只需手掏得勤快些，还可以自诩管仲，因此豪气顿生。若是囊中羞涩，不妨大家一起装聋作哑，或者实行 AA 制，彼此轻松。

与爱撒谎的女人共处，你得提高警惕，时时看顾好你的名誉、你的自尊和你的情感，却还防不胜防。往往于你是一枝暗箭穿心，或是一瓢无由的污水泼身，于她不过是闲来无事磨磨牙罢了。

插队时有位女知青，遍告众人，她大串连时去了上海电影制片厂，好多名演员围着她指指点点：“瞧那眼睛多美啊，简直是明星坯子！”后来证实了她非但没有到过上海，也从未走出她生长的小城市。她眼也不眨，反诘：“我是那样说了吗？你们听错了。是上影厂的演员大串连时来厦门，她们见到我时说的。”仅仅为自己哄抬价格，伙伴们撇撇嘴就算了。不料她捕风捉影的本领已发展到无中生有的特技，且见缝插针，立竿见影。因此忙得一星期都不洗澡不更衣，只洒点花露水，在小圆镜前，仔细撕开纠结一团的刘海，一根一根整齐摆好，然后一个知青点一个知青点去闲聊，即兴创作一些个丑闻，一些个轶事，一些个隐私以飨听众。常常的不是突然有一位满脸涨红的男知青闯进宿舍咆哮找她算账，就是被四五个女知青堵在茅坑会审。开始尚能自圆其说，全身而退，却已上瘾，再开口，不由得舌绽莲花，故技重演，最后落得哭泣求饶，吃两个耳光。知青们形容她的处境：周围数里荒无人烟。因此她不断换地方，调工作，没有老朋友。等我发觉知青中流传她写的一两首诗，原是从我抽屉偷出去时，她已像一只跳棋，越跳越远了。

十多年后再见到这位搅水女人，已结两次婚，有第三位候补者守株待兔。据说供职于外贸要害部门，财源滚滚；人际关系四面八方。前者姑妄听之，后者我却有些相信，若说此妇人能在商界翻云覆雨，好比把一只母狐放到狼群中去，各得其所矣。

当你听到女朋友在你耳边絮聒某人如何如何，你必然起警戒之心，你不知道，在哪一只耳朵边上，如何如何的当是你自己了。尽管如此，我们仍然还有受骗上当的时候。我们被眼泪，被誓言，被恳切的语气诚挚的眼睛欺骗得还少吗？

男人小气，大多独善其身，并不伤人，照样做得朋友。他们的小笑话拿来开胃，可下酒，可健身。和撒谎的女人做朋友，好比在蚊蚋云集的沼泽地宿夜，你生火熏烟，拉好蚊帐，仔细搽好防蚊油，谁知污水却从你脚下渗进来了。

文／鲁先圣

谁都可以有自己的壮丽

人到中年，偶回故乡，见到久未谋面的中学同窗，他已是一位老者的形象了，花白头发，面容苍老，精神委顿。一见面，他就对我说：“唉，老了，挨日子罢了。”我们也许无力抗拒岁月的磨蚀，却可以抵御心灵的衰老。我们完全能够让自己心潮澎湃地走在快乐的追求当中，即便两鬓如霜，依然可以心灵年轻、容光焕发！

我养了一盆仙人球，开出了洁白的花，像昙花，一天的时间就谢了。但是，它在我的生活中，拥有过自己独特的香，拥有过绽放的过程，拥有过自己的壮丽芳华，就已经足够。你有过自己的壮丽吗？

一个人没有成名之前，自然要默默无闻地奋斗。但是，如果功成名就了呢？这时候，你首先要拥有包容各种声音的胸襟，因为此时，即使你的一句普通的话，很多人也可能会视为狂妄自大。因此，你既要谨小慎微，也不能目中无人。这句话是最好的：“像一个普通人那样做名人。”因为已经没有什么力量能遮蔽你璀璨的光华了。

理智的清醒是最重要的。名满天下，也没有什么可以骄傲的，过去与未来一定有人比你的成就更大，而且你的成就也许不像传说中的那样大。遭遇事业的失败和挫折，也没有必要过于悲伤，因为现实往往没有你想的那样糟糕。世界依旧，生活依然。什么时候也没有如日中天，不论何时也不会真的山穷水尽。

清代有一个叫顾嗣协的人，名气不大，但是写过一首《杂兴》诗，流传很广："骏马能历险，犁田不如牛。坚车能载重，渡河不如舟。舍长以就短，智者难为谋。生才贵适用，慎勿当苛求。"这首诗，告诫人们要扬长避短。生活中，有多少人了解自己的长处？有多少人一生做着自己喜欢的事？恰恰相反，很多人做的事情，既不是自己的长板，也不是自己的兴趣，不过是既来之则安之，得过且过，自己的才华一生也没有找到施展的地方，成功更是不可能了。

常常见到那些生活在穷困潦倒之中的人，这些人当中，有些是能力所限，有些是人生失误，有些则是好逸恶劳。见到贫穷的人，怀一颗悲悯之心，是应该的。但是，伸出援助之手，则需要区别对待。

不论如何，贫穷都是不值得赞美的，应该得到赞美的是简朴的生活方式，这甚至是生活的美德。一个人只要身心健康，只要不甘于贫穷，迟早有一天会脱离贫穷。怕的是深陷贫穷，却心如死灰，所谓哀莫大于心死。

面对一些无所事事的年轻人的时候，我告诫道：人生有两种无可挽回的悲哀，青年时期无所事事，以为时光可以取之不尽；到了中年以后突然梦醒，岁月却已不再。少壮不努力，老大徒伤悲。这老话谁都知道啊，可是又有多少人身体力行？没有人不羡慕青春韶华，没有人不留恋少年无忧，可是我们能仅仅停留在春天吗？那样何来秋的收获？

文／鲁先圣

每一个人都有别人羡慕不已的东西

每一个人的际遇和客观条件都是不同的，有的人一生风平浪静，没有大起大落的惊喜和伤悲；有的人一生则跌宕起伏，波涛汹涌。

当自己处于那种险恶境遇的时候，应该以怎样的心态看待？是心平气和、坦然受之，还是怨天尤人、牢骚满腹，或者责怪命运的不公？

在古印度的智慧中，有一句话是“不同的际遇，都是上天给你的不同考验与磨炼”。人活在世上，必须有一种想法：有结果的努力是锻炼，没有结果的努力是磨炼。不论处于什么境遇，都应该咬牙挺过来，因为每一种际遇都是成长必需的元素。

有一个故事。在大森林中，有一个兔子家族，因为常常遭受其他兽类的攻击，而它们又没有任何能力对抗敌人，几乎每一天都有成员丧命，每一天都在为躲避攻击而疲于奔命。它们实在难以忍受这种颠沛流离的日子，一致决定去不远的一处悬崖边，跳到深不见底的湖水里自杀。

不论老幼的兔子们都同意了这个决定，都很悲壮地跟随着兔子王去悬崖边。

可是，就在它们来到悬崖边，一起要跳下悬崖去的时候，那些正在湖水边上玩耍的青蛙和鱼看到那么多兔子站在悬崖上，个个惊慌地逃开水边，游到湖水的深处去了。

正准备带领子孙们跳悬崖的兔子王突然领悟了。它回身对兔子们说：大家看到了吗？还有比我们更胆小的生命呢，它们害怕我们，我们为什么要死呢？

兔子们也一下子领悟了，跟随着兔子王，原路返回，欢天喜地地跳跃着奔向它们世代生活的森林，而且，它们从此变成了一只只快乐幸福的兔子。

这个故事告诉所有那些在生活中失意的人，总是悲观地怨天尤人的人，总是抱怨命运不公的人：你永远不是最不幸的人，你也永远不是最幸福的人。不论你的处境多么优越，总有人比你还要优越；不论你的处境多么悲惨，也总有人比你更加悲惨。

当我们为自己的眼睛不够大而烦恼的时候，也许，我们的身边正有一个盲人经过。当我们为自己没有挺拔的身材而自卑的时候，也许正有一个侏儒向我们走来。当我们为没有钱买一双高档名牌皮鞋而忧虑的时候，也许我们的身边正巧有一个失去双腿的人以手当足蹒跚着前行。当我们为自己没有洪亮的声音无法成为一个演说家而忧心的时候，你想到世界上有成千上万的聋哑人了吗？

其实，对于我们每一个人来说，当你感觉自己多么不幸的时候，世界上比你更加不幸的人也许就在你的身边，只不过不同的是，他领悟了生活中最普通的哲学，学会了珍惜。所以，尽管他只拥有一点点小小的优点，他的脸上却是灿烂的笑容。

世界上永远没有完美，我们每一个人都有自己的不足和局限，也都拥有让别人羡慕不已的东西。一个乐观向上的人，总是把自己哪怕很微小的优点当作宝贝，像呵护自己的生命一样珍惜。一个悲观的人，总是看到别人的优点，而对于自己的优点则熟视无睹。

明白了这些以后，我们的世界上，就永远是明媚的阳光，我们每一个人的脸上，就永远洋溢着美好的笑容。我们每一个人，就都是快乐幸福的人。

文／梁启超

莫问收获，但问耕耘

孩子们：

思成和思永同走一条路，将来互得联络观摩之益，真是最好没有了。思成来信问有用无用之别，这个问题很容易解答，试问开元天宝间李白与杜甫、姚崇与宋璟比较，其贡献于国家者孰多？为中国文化史及全人类文化史起见，姚、宋之有无，算不得什么事；若没有了李、杜，试问历史减色多少呢？

我也并不是要人人都做李、杜，不做姚、宋，要之，要各人自审其性之所近何如，人人发挥其个性之特长，以靖献于社会，人才经济莫过于此。

思成所当自策厉者，惧不能为我国美术界作李、杜耳。如其能之，则开元、天宝间时局之小小安危，算什么呢？你还是保持这两三年来的态度，埋头埋脑去做便对了。

你觉得自己天才不能负你的理想，又觉得这几年专做呆板工夫，生怕会变成画匠。你有这种感觉，便是你的学问在这时期内将发生进步的特征，我听见倒喜欢极了。

孟子说："能与人规矩，不能使人巧。"凡学校所教与所学总不外规矩方圆的事，若巧则要离了学校方能发现。规矩不过求巧的一种工具，然而终不能不以此为教、以此为学者，正以能巧之人，习熟规矩之后，乃愈益其巧耳。不能巧者，依着规矩可以无大过。

你的天才到底怎么样，我想你自己现在也未能测定，因为终日在师长指定的范围与条件内用功，还没有自由发掘自己性灵的余地。况且凡一位大文学家、大美术家之成就，常常还要许多环境与其附带学问的帮助。

中国先辈说要“读万卷书，行万里路”。你两三年来蛰居于一个学校的图案室之小天地中，许多潜伏的机能如何便会发育出来，即如此次你到波士顿一趟，便发生许多刺激，区区波士顿算得什么，比起欧洲来真是“河伯”之与“海若”，若和自然界的崇高伟丽之美相比，那更不及万分之一了。

然而令你触发者已经如此，将来你学成之后，常常找机会转变自己的环境，扩大自己的眼界和胸怀，到那时候或者天才会爆发出来，今尚非其时也。

今在学校中只有把应学的规矩，尽量学足，不唯如此，将来到欧洲回中国，所有未学的规矩也还须补学，这种工作乃为一生历程所必须经过的，而且有天才的人绝不会因此而阻抑他的天才，你千万别要对此而生厌倦，一厌倦即退步矣。至于将来能否大成，大成到怎么程度，当然还是以天才为之分限。

我生平最服膺曾文正两句话：“莫问收获，但问耕耘。”将来成就如何，现在想他则甚？着急他则甚？一面不可骄盈自慢，一面又不可怯弱自馁，尽自己能力做去，做到哪里是哪里，如此则可以无入而不自得，而于社会亦总有多少贡献。我一生学问得力专在此一点，我盼望你们都能应用我这点精神。

爹爹

文／鲁先圣

拯救自己的，从来只有自己

一

人生是一条漫长的河流，从涓涓细流的上游到惊涛骇浪的中游，最后注入宽阔的海洋。

上游是美丽的童年，淙淙小溪从幽静的林间穿过，像一首浪漫的抒情诗。

中游是沉重的中年，巨大的落差产生了飞流直泻的瀑布；险恶的暗礁又使河面布满了龙潭虎穴，像一部惊险离奇的小说。

下游经过平静的入海口与海洋浑然一片，平静、辽阔、宽容、博大像一篇淡雅厚重的散文。

二

人生的各种品质中，最重要的是坚定的信仰。只有有了明确的信仰的人生，才是清晰、明了、智慧的。信仰高悬在未来的天空中，人生就在它的吸引下努力奋进。

没有信仰，或者信仰模糊的人生，是糊涂而盲目的，最终也不会到达理想成功的彼岸。

当然，信仰是指骨子里的最本质的追求，而不是强权意志。强加给予的信仰，只会使人走向弱智。

三

人生的主流应是百折不挠的执着。一旦目标确实，就义无反顾毫不迟疑地勇往直前，不因暂时的成功而骄傲不前，也不因暂时的逆境而不思进取，只是抱定一颗恒心努力不辍，这样的人生才会诞生大河奔流的气度与风范。

许多人总是在朝令夕改，总是在左顾右盼，见到一点蝇头小利便心旌动摇方寸大乱，很容易地肯定自己、也很轻易地否定自己，这种人便是半途而废一无所成的人了。

所以，真正有大成就的人总是极少数的那一类。因为执着总有孤独相伴，执着总与痛苦为伍，执着的氛围总是清静的寂寞，而这些恰是绝大多数人所难以做到的。

四

勇气是人生必不可少的。从我们获得理性认识的那一刻起，我们就站在了所有未知的边缘。在未知的世界中，一切都是扑朔迷离、充满困难的东西，每一步的尝试都有可能是失败的深渊。这就需要坚定的勇气，需要无所畏惧的勇气。

没有勇气去尝试当然避免了失败，但同时也不会有成功的喜悦与欢欣，因为成功与失败同在，是未知世界的邻居。

五

自信心是人生的基石。人生中的一切都立于自信的基石之上。

没有自信，便是承认自己的弱小与可怜并不思改变。

渺小并不可怕，位卑并不可怕，只要自信，聚沙成塔，一切便在美丽的憧憬中孕育而生。

自信还是一把人生硬度的尺子。有人虽然身材五短，但却是人人尊敬的丈夫，那是他的自信焕发出的光芒将他的五短延伸了。

六

痛苦与磨难是人生摆脱贫瘠走向富裕的契机。

没有经历过坎坷磨难的人生，永远领略不到奇异的风景，永远不会走向深刻与成熟。

平地上有什么呢？人人都能轻易到达的地方有什么呢？瑰丽雄奇的风景都在常人难及的深谷山巅之处。

当你遇到磨难的时候，热烈地拥抱它吧，那恰是生活的恩赐。

经历了磨难之后，你回首俯望，你会发现你已站在世俗生活之外。

七

了解自己，设计自己，不断地调整自己，是人生不断实现自我超越的必然步骤。

生活在变化着，时代在变化着，环境在变化着，自身也在不断变化着，因而认准一条道路不回头的人，不是执着，而是固执的迂腐。

在一条明确的大方向之下，不断探索与寻找自己的最佳位置，不断地吸收与抛弃，是人一生的课题。

也许，你寻找到的，并不是你最佳的位置，捷径你一直都没有找到，但在寻找的过程中自己已经收获了。

八

宿命论是意志薄弱者的借口。命运的纤绳永远掌握在自己的手中。

命运是这样一种东西，你越要驾驭它，它反而俯首听任你的指令；你畏惧它，它则越发不可一世。

所以不要相信命运，种瓜得瓜，种豆得豆，一分耕耘就必定有一分收获。

九

机遇对人生而言太重要了，有很多人花费了一生的代价默默无闻地等待它的光临，但终于也没有等到。

因为机遇的本质是这样的，它只惠顾那些敢于大胆争取的人，它永远也不垂青那些袖手坐等的人。

世上从来就没有救世主，拯救自己的，只有自己。

— 第 二 辑 —

理想让生命更加虔诚，愿你的青春不负梦想

不要因一时的艰难而放弃自己的理想，不要为某种潮流而改换自己的信念，向着梦想飞奔，理想不会抛弃苦心追求的人。

文／玛丽·居里

我的信念

生活对于任何一个人都非易事。我们必须有坚韧不拔的精神，最要紧的，还是我们自己要有信心。我们必须相信，我们对每一件事情都具有天赋的才能。并且，无论付出多大代价，都要把这件事完成。当事情结束的时候，你要能够问心无愧地说：“我已经尽我所能了。”

有一年的春天，我因病被迫在家里休息数周。我注视着我的女儿们所养的蚕，蚕结着茧子，这使我很感兴趣。望着这些蚕固执地、勤奋地工作着，我感到我和它们非常相似。像它们一样，我总是耐心地集中在一个目标上，我之所以如此，或许是因为有某种力量在鞭策着我——正如蚕被鞭策着去结它的茧子一般。

近五十年来，我致力科学的研究，而研究，基本上是对真理的探索。我有许多美好快乐的记忆。少女时期，我在巴黎大学孤独地度过求学的岁月。在那整个时期，我丈夫和我在简陋的环境里艰辛地研究，我们专心致志，像在梦幻之中一般。后来我们发现了错。

我一生中，总是追求安静的工作和简单的家庭生活。为了实现这个理想，我竭力保持宁静的环境，以免受人事和盛名的侵扰。

我觉得，在科学方面，我们是有对事而不对人的兴趣。当皮埃尔·居里和我决定应否在我们的发现上获取经济上的利益时，我们都认为这是违反我们的纯粹研究观念的。因而我们没有申请镭的专利，也就抛弃了一笔财富。我坚信我们是对的。诚然，人类需要寻求现实的人，他们在工作中获得很大的报酬。但是，人类也需要梦想家——科学研究强烈地吸引着他们，使他们忘我地工作，没有闲暇，也无热情去谋求物质上的利益。我唯一的奢望，是在一个自由国家中，以一个自由学者的身份从事研究工作。我从不认为这种权益是理所当然的，因为在二十四岁以前，我一直居住在被占领被蹂躏的波兰。我估量过法国自由的价值。

我并非生来就是一个性情温和的人。我很早就知道，许多像我一样敏感的人，即使受了一言半语的呵责，也会过分懊恼，他们尽量隐藏自己的敏感。从我丈夫温和沉静的性格中，我获益匪浅。当他猝然长逝以后，我便学会了忍耐。年纪渐老，我愈会欣赏生活中的种种琐事，如栽花、植树、建筑，对诵诗和眺望星辰，也有一点兴趣。

我一直沉醉于世界的优美之中，我所热爱的科学也不断展现它崭新的远景。我认定科学本身就具有伟大的美。一位从事研究工作的科学家，不只是一个技术人员，而且，他更像一个小孩儿，迷醉在如同神话故事一样的大自然中。科学的这种魅力，就是使我终身能够在实验室里埋头工作的主要因素了。

文／邓刚

女儿，我佩服你

亲爱的云云：

现在正值深夜，你一定是在睡觉。然而老爸睡不着，因为你第一次离开家门，而且一下子就离得那么遥远，就像我身上的一个部分猛地被掏空似的，难受得不知怎么办才好。此刻，你的妈妈一声不响地躺在床上，其实她并没有睡，她思恋你的心比我还要强烈一百倍。由于我们明白你是含着一口怨气（用你的话说是怀着一腔志气）才远走高飞的。所以，我们的心情就更是难以安定。

尽管我知道小鸟长大了要飞出巢穴，要飞向辽阔的蓝天；尽管我知道孩子大了要离开父母，要走向宏大的社会。但最后在登机口分别时，你突然回过身来挥手再见的那一瞬，我的泪水还是情不自禁地冲出感情闸门……我知道，你不会再依偎在我的臂下撒娇，你不会再忽闪着稚气的大眼睛对我问这问那，你甚至不会再在我跟前耍小孩脾气了！当然，在以后漫长的生活道路上，你会在读书的假期中回来看看我们，你会在学业有成时打个电话告诉你的喜悦，你会在选择新的事业前写封信描绘你的理想，你会在兴奋若狂或伤心伤肝的爱情中跑回来对我们倾诉激动或困惑……然而，这都是极其短暂的过程，因为你不再是一个整日缠臂绕膝的女儿，而是像一个客人那样，或手提着一包礼物，或带着一个你感到亲切我们却感到陌生的朋友走进家门，你会恭敬也许有点羞涩地问“爸爸妈妈好”，这是情感，但更多的是礼节了。你会在相当遥远或不太遥远的一棵树上筑巢，你会惦记你曾生活过的我们的老巢，也仅仅是惦记，因为你有新的生活新的亲情，你将为你的新巢而终日操劳。

你在信上说你“非常幸运和非常幸福地与我们生活了整整二十年”，你说你因为生活在作家的家里而感到“空气都是甜蜜的”，但你却又说正因为你是个作家的孩子，所以你才被人们看作是“不一般的孩子”，才有那么多的人与你交朋友，才使你从小学到中学能顺利地当上中队委、中队长，才使你能那样地“平步青云”。然后，你又坚决地写道，你“不愿做一只无忧无虑的小鸟”，因为这样会“缺乏危机感，缺乏生活的能力”。坦率地说，你的醒悟对父母是一种批判，也是一种残酷。记得你第一次作文获奖时，有人说你的获奖是因为有个当作家的爸爸，你气得说：“我真倒霉，怎么会有个当作家的爸爸！”后来，你还说过：“我最不愿听别人说你爸爸是作家这句话！”我没有吱声，我知道这是一种强烈的自尊所使。尤其是在考大学时，我拼了命地托人拉关系给你走后门，甚至准备不惜倾家荡产地找美术权威提携你。你知道我这个大块头低头求人是多么难么？可当我兴冲冲地告诉你差不多了，你却冷冷地说：“爸爸，我决不这样进大学，那太没意思了！”你说这句话时并没有留意到我羞愧无比的表情，你不知道这句话不亚于狠狠地打我一记耳光。为此，你自己背着个大画夹，孤独地跟在考生队伍的后面，你前面的考生全是被爸爸妈妈领着的，而且这些爸爸妈妈腰里都揣着厚厚的票子。而此时你的爸爸妈妈也准备好了票子，并且急得火烧屁股似的坐在家里不敢动。因为你说只要我们去，你就拒绝考试！你以为只要自己下决心苦练，只要自己具备一定的水平，就能考进高等艺术学府，你以为只要是金子就能发光，在当今这个并不那么公平的世界，你未免太天真了。当然，不是每所学校都这么黑，有两所艺术院校给你发了考试及格的通知，但那不是你心中向往的院校，所以你不仅忧伤地放弃，而且还愤然出走，到遥远的异国他乡去打工去学习去吃苦去寻找人生的公平。

也许你想不到，当你扛起沉重的行李，当你坚决地走出温暖的家门时，我尽管难过却也暗暗地佩服，因为老爸当年就像你今天一样有着自尊和自立的锐气，只是后来曲折的岁月渐渐磨损了老爸的棱角。我知道，全世界所有先进国家的家庭对子女的教育都是科学和理智的，唯有我们这个还不富裕的国家的家庭如此溺爱和娇惯自己的孩子。老爸也难以摆脱这种落后心理。所以，我还怀有一丝希望，总觉得有一天你会经受不住遥远的艰难又回到家里，那时，我和你妈妈将会更温暖更亲切地拥抱你。我们更知道这种心态对你是多么的可怕，但感情的力量实在是太大了，尤其在家庭世界里，它总是能淹没理智。

可怜而可怕的父母心！

愿你每一天都比昨天好！

想念你的老爸

文/鲁先圣

理想不会抛弃苦心追求的人

理想是什么？理想在哪里？理想仅仅是一个人的个人愿景吗？我们每一个人，在我们青春年少的时候，在我们人生困惑的时候，肯定都遇到过这样的问题，都一定有过这样的追问。

一代文学巨匠沈从文仅仅有高小毕业的文凭。他12岁就被送到军中学习军事，到了15岁就已经作为一名正式的军人转战湘西的丛林了。

1922年夏天，20岁的沈从文决定离开湘西的丛林到更大的世界去寻找理想。他告别了军队，搭上了去北京的列车。来时军需处给他的27块钱还没有到北京就花光了。在武汉，一位军人借给他10块钱，到了北京的时候，摸摸身上仅剩下7块钱了。此时他的大姐沈岳鑫和姐夫田真一正在北京，他就去找他们。姐夫问他："你怎么到这里来了？"沈从文说："我来寻找理想。"姐夫十分惊诧："寻找理想？什么理想？"沈从文说："想读书，写文章。"姐夫听完十分钦佩，很赞赏地说："很好，很好，人家带了弓箭药弩到山中猎取虎豹，你赤手空拳带着一脑壳幻想来北京做这份买卖。我告诉你，既为信仰而来，千万不要让信仰失去！因为你除了它，什么都没有。"

姐姐和姐夫他们不久就回湘西了，年轻的沈从文开始了他在北京为寻找理想而闯荡的人生历程。他首先报考了燕京大学二年制国文班，但他仅仅高小毕业的文化水平，考试时一问三不知，人家连报名费都退给了他。同班考试的人和老师对他说，你赶快回家吧，这做学问的事不是想做就能做的。而更可怕的是，此时他的经济来源完全断了，他陷入了生活困境。他责问自己，我怎样才能实现我的信仰呢？考不上，我就自学，没有饭吃就卖卖报纸，帮别人做小工，我总之是不能退缩。他在银闸胡同租了一间由储煤间改造而成的又小又潮的房子，房子仅能放下一张小床和一张小木桌，沈从文称为“窄而霉小斋”。因为房子很小，他微薄的收入除了吃饭还可以应付得了。他很高兴，相信自己又可以为了自己的信仰而奋斗了。他白天去京师图书馆读书，傍晚去街头卖报，晚上在自己的斗室里伏案写作。北京的冬天很冷，他没有条件生火炉，就坐在被窝里写。尽管艰苦的生活和恶劣的条件对于只有 20 岁的沈从文来说困难太大了，但那个神圣的信仰在鼓舞着他，激励着他，使得他不仅没有被困难吓倒，反而苦中有乐。他读了很多书，写了很多文章，但文章投出去却都如石沉大海。

这样的状况持续了两年时间。他开始怀疑自己，自己真的不是搞文学的材料吗？他给当时的知名作家郁达夫等人写信，备述自己对文学的信仰和苦苦追求的艰辛。不料他的信还真的引起了郁达夫的注意，当时已经名满文坛的郁达夫去那个小房子里看望了几乎濒临绝境的沈从文。这个湘西青年对文学的信仰和生活的艰难强烈地震撼了郁达夫，他回去立即写成了那篇著名的《给一位文学青年的公开状》。自此，中国文坛上一段传世佳话产生了，一位世界级的文学大家开始走上文坛了。郁达夫的关注，使得天资聪颖，生活阅历丰富，又有了一定文学积淀的沈从文很快名满京华。很多年以后，沈从文在回忆自己的那段经历时告诫后人说，一个人只要有坚定的信仰，各种生活的困难就不足为虑了。

诺贝尔文学奖终身评审委员马悦然说，沈从文是1988年最有机会获奖的候选人，当时沈从文已经获得提名，但是当瑞典驻华大使馆代表诺贝尔奖评选委员会寻找到他的时候，可惜沈从文已离世几个月了，而诺贝尔文学奖只授予活着的作家。沈从文是当时距离诺贝尔文学奖最近的中国人。

1985年，有几个自称“迷途羔羊”的学生，联名给巴金先生写信，要“寻找理想”，希望他以“最快的速度”告诉他们实现理想的“神秘钥匙”，并以“神奇的力量”带领他们朝着理想飞奔。

巴金先生抱病给几位同学写了回信，谈了他对理想的看法。

巴金说：“把个人的生命连系在群体的生命上面，在人类繁荣的时候，我们只看见生命的连续，哪里还有个人的灭亡？我们每个人都有更多的同情，更多的爱，更多的欢乐，更多的眼泪，比我们维持自己的生存所需要的多得多，我们必须把它们分给别人，不这样做，我们就会感到内部干枯。”他坦率地告诉同学们，“我伏案写作的时候，追求的就是集体的幸福和繁荣。”

最后，巴金先生语重心长地告诉年轻的学生：“我多么羡慕你们。青春是无限地美丽，青年是祖国和人民的希望，未来属于你们。千万要珍惜你们宝贵的时间。只要你们把个人的命运同集体的命运连在一起，把人民和国家的位置放在个人之上，你们就永远不会‘迷途’。理想不会抛弃苦心追求的人，只要不停地追求，你们会沐浴在理想的光辉之中。不要害怕，不要看轻自己，你们绝不是孤立的！昂起头来，风再大，浪再高，只要你们站得稳，顶得住，就不会给黄金潮冲倒。”

几个年轻人从巴金先生那里得到了理想的答案，这个答案也从此影响了无数的人。

文／鲁先圣

坐着公交去高考

1982年7月6日，母亲早早起来做好了早饭，因为这是一个特殊的日子，我和弟弟要去县城的县一中考点参加高考了。那一年，我们村参加高考的共三个人，我考文科，弟弟和同村的另一个同学鲁伟考理科。

我们读书的中学是县二中，学校坐落在距离县城25公里的镇上。尽管那一年我们都接近20岁了，但是我们三个人都还没有去过县城，只是听人说县城在南边，坐公交车可以直接到达。

母亲给我们煮了鸡蛋，冲了鸡蛋茶，准备了三天的干粮。然后我们就各自背了一床被褥，在早6点半准时到达了距离我们村2公里的公社驻地汽车站。汽车站发往县城的客车一天两班，早7点和下午3点。因为下午要认考场，我们还要去一个在旅馆工作的亲戚那里投宿，我们就必须赶上早晨的车。

客车是那种前些年在城市里也常常看到的大通道两节车厢的，开起来以后呼呼作响。我们都是第一次坐这样的车出远门，感觉开得真快。汽车在中间停了很多次，上上下下了不少人，一个多小时以后终于到了县城。

我们那个亲戚叫侯守顾，他是我们村本家的女婿，在县城的汽车站附近的旅馆工作。那个年代，我们村没有一个人在县城工作，父亲想了很久想起来有这么一个可以攀上的亲戚，前天晚上就去他的岳父家里拜托人家。正巧侯守顾的爱人住在娘家，人家一口答应，让我们下了车就去找他。

侯很客气，但是他说他只能给我们安排一张床，他没有更大的权利。我们很感激，能够在旅馆里住就知足了，好在我们都很瘦小，挤在一张床上勉强还可以躺下。我们下午一路问着去了一中的考场，对照着准考证认好了自己的位置，然后就在第一次来的县城大街上闲逛。县城并不大，我们没有多久就逛了个遍。大街上像我们这样的学生很多，大部分都是从乡下的中学毕业来赶考的。我们三个人边走边看边议论，都在内心里想着即将开始的高考。临来的时候，父亲说，要是你们三个都能够考上大学，咱村里放电影！

父亲是村里的党支部书记，这件事情他能够做到。那个时候农村还没有电，放电影是乡人们唯一的娱乐方式，不管哪个村放电影，附近村里的人都来看，每一场都是人山人海，不论什么影片。

连续三天的高考，我们晚上去那个叫东方红的旅馆挤在一张床上睡觉，第二天一早去考场，吃从家里带的干粮，考试顺利结束了。

还是坐那种公交车，我们一起回到村里。父亲在村口等着我们。我们都感觉考得不错，就这样告诉父亲。我感觉父亲很激动，他说，要是你们真的都考上，咱村就放电影！咱村从新中国成立以来就没有出过一个大学生，没有一个人吃公家饭。但是我们没有十足的把握，毕竟只有百分之五的升学率，考上的概率很小啊。

从考试结束到公布成绩是 20 天的时间，在这 20 天里，我们三个人每天都在一起。我们往往在不自觉中就走到了村口的路上，我们知道，如果考上了，学校会派老师来通知我们，老师就会在这条路上出现。

7 月的最后一天，已经是晚上的 9 点钟，我们的历史老师王继安骑着自行车从学校来到了我家。他带来了天大的好消息，我和弟弟还有鲁伟都金榜题名！

立刻，我家沸腾了，我们那个胡同沸腾了，我们整个村子沸腾了。父亲赶快杀鸡，母亲和姐姐在厨房里忙活起来，说什么也要请老师喝酒。老师说，我知道这几个孩子每天都睡不好觉，刚刚知道分数，我就立即赶来了。一整夜，父亲，叔叔，鲁伟的父亲，老师，我们三个，还有我们村里所有的乡亲，都陶醉在无限的喜悦中。

次日上午，父亲去我们学校，把我们的任课老师请到了一家饭店。父亲说，再穷，这顿饭也要请，没有老师就没有我们的好成绩。

晚上，父亲果然把公社的电影队请来了我们村，而且，电影队的队长在喇叭里喊：为了祝贺村里三个孩子同时金榜题名，电影队在村里连放三天电影！

连续三天在一个村里放电影，这是何等的荣誉！三天三夜，我们村就像过年一样热闹，到处荡漾着欢声笑语。

尽管过去接近 30 年了，但是当年的情景依然历历在目，依然让人充满万端感慨。

文／郁达夫

我的青春我的梦

不晓得是在哪一本俄国作家的作品里，曾经看到过一段写一个小村落的文字，他说："譬如有许多纸折起来的房子，摆在一段高的地方，被大风一吹，这些房子就歪歪斜斜地飞落到了谷里，紧挤在一道了。"前面有一条富春江绕着，东西北的三面尽是些小山包住的富阳县城，也的确可以借了这一段文字来形容。

虽则是一个行政中心的县城，可是人家不满三千，商店不过百数；一般居民，全不晓得做什么手工业，或其他新式的生产事业，所靠以度日的，有几家自然是祖遗的一点田产，有几家则专以小房子出租，在吃两元三元一月的租金；而大多数的百姓，却还是既无恒产，又无恒业，没有目的，没有计划，只同蟑螂似的在那里出生，死亡，繁殖下去。

这些蟑螂的密集之区，总不外乎两处地方；一处是三个铜子一碗的茶店，一处是六个铜子一碗的小酒馆。他们在那里从早晨坐起，一直可以坐到晚上上排门的时候；讨论柴米油盐的价格，传播东邻西舍的新闻，为了一点不相干的细事，譬如说罢，甲以为李德泰的煤油只卖三个铜子一提，乙以为是五个铜子两提的话，双方就会得争论起来；此外的人，也马上分成甲党或已党提出证据，互相论辩；弄到后来，也许相打起来，打得头破血流，还不能够解决。

因此，在这么小的一个县城里，茶店酒馆，竟也有五六十家之多；于是大部分的蟑螂，就家里可以不备面盆手巾、桌椅板凳、饭锅碗筷等日常用具，而悠悠地生活过去了。离我们家里不远的大江边上，就有这样的两处蟑螂之窗。

在我们的左面，住有一家砍砍柴，卖卖菜，人家死人或娶亲，去帮帮忙跑跑腿的人家。他们的一族，男女老小的人数很多很多，而住的那一间屋，却只比牛栏马槽大了一点。他们家里的顶小的一位苗裔年纪比我大一岁，名字叫阿千，冬天穿的是同伞似的一堆破絮，夏天，大半身是光光地裸着的；因而皮肤黝黑，臂膀粗大，脸上也像是生落地之后，只洗了一次的样子。他虽只比我大了一岁，但是跟了他们屋里的大人，茶店酒馆日日去上，婚丧的人家，也老在进出；打起架吵起嘴来，尤其勇猛。我每天见他从我们的门口走过，心里老在羡慕，以为他又上茶店酒馆去了，我要到什么时候，才可以同他一样的和大人去夹在一道呢！而他的出去和回来，不管是在清早或深夜，我总没有一次不注意到的，因为他的喉音很大，有时候一边走着，一边在绝叫着和大人谈天，若只他一个人的时候哩，总在噜苏地唱戏。

当一天的工作完了，他跟了他们家里的大人，一道上酒店去的时候，看见我欣羡地立在门口，他原也曾邀约过我；但一则怕母亲要骂，二则胆子终于太小，经不起那些大人的盘问笑说，我总是微笑着摇摇头，就跑进屋里去躲开了，为的是上茶酒店去的诱惑性，实在强不过。

有一天春天的早晨，母亲上父亲的坟头去扫墓去了，祖母也一侵早上了一座远在三四里路外的庙里去念佛。翠花在灶下收拾早餐的碗筷，我只一个人立在门口，看有淡云浮着的青天。忽而阿千唱着戏，背着钩刀和小扁担绳索之类，从他的家里出来，看了我的那种没精打采的神气，他就立了下来和我谈天，并且说：

“鹳山后面的盘龙山上，映山红开得多着哩；并且还有乌米饭（是一种小黑果子）、彤管子（也是一种刺果）、刺莓等，你跟了我来罢，我可以采一大堆给你。你们奶奶，不也在北面山脚下的真觉寺里念佛么？等我砍好了柴，我就可以送你上寺里去吃饭去。”

阿千本来是我所崇拜的英雄，而这一回又只有他一个人去砍柴，天气那么的好，今天侵早祖母出去念佛的时候，我本是嚷着要同去的，但她因为怕我走不动，就把我留下了。现在一听到了这一个提议，自然是心里急跳了起来，两只脚便也很轻松地跟他出发了，并且还只怕翠花要出来阻挠，跑路跑得比平时只有得快些。出了弄堂，向东沿着江，一口气跑出了县城之后，天地宽广起来了，我的对于这一次冒险的惊惧之心就马上被大自然的威力所压倒。这样问问，那样谈谈，阿千真像是一部小小的自然界的百科大辞典，而到盘龙山脚去的一段野路，便成了我最初学自然科学的模范小课本。

麦已经长得有好几尺高了，麦田里的桑树，也都发出了绒样的叶芽。晴天里舒叔叔的一声飞鸣过去的，是老鹰在觅食；树枝头吱吱喳喳，似在打架又像是在谈天的，大半是麻雀之类；远处的竹林丛里，既有抑扬，又带余韵，在那里歌唱的，才是深山的画眉。

上山的路旁，一拳一拳像小孩子的拳头似的小草，长得很多；拳的左右上下，满长着了些绎黄的绒毛，仿佛是野生的虫类，我起初看了，只在害怕，走路的时候，若遇到一丛，总要绕一个弯，让开它们，但阿千却笑起来了，他说：

“这是薇蕨，摘了去，把下面的粗干切了，炒起来吃，味道是很好的哩！”

渐走渐高了，山上的青红杂色，迷乱了我的眼目。日光直射在山坡上，从草木泥土里蒸发出来的一种气息，使我呼吸感到了困难；阿千也走得热起来了，把他的一件破夹袄一脱，丢向了地下。教我在一块大石上坐下息着，他一个人穿了一件小衫唱着戏去砍柴采野果去了；我回身立在石上，向大江一看，又深深地深深地得到了一种新的惊异。

这世界真大呀！那宽广的水面！那澄碧的天空！那些上下的船只，究竟是从哪里来，上哪里去的呢？

我一个人立在半山的大石上，近看看有一层阳炎在颤动着的绿野桑田，远看看天和水以及淡淡的青山，渐听得阿千的唱戏声音幽下去远下去了，心里就莫名其妙地起了一种渴望与愁思。我要到什么时候才能大起来呢？我要到什么时候才可以到这像在天边似的远处去呢？到了天边，那么我的家呢？我的家里的人呢？同时感到了对远处的遥念与对乡井的离愁，眼角里便自然而然地涌出了热泪。到后来，脑子也昏乱了，眼睛也模糊了，我只呆呆地立在那块大石上的太阳里做幻梦。我梦见有一只揩擦得很洁净的船，船上面张着了一面很大很饱满的白帆，我和祖母、母亲、翠花、阿千等都在船上，吃的东西，唱着戏，顺流下去，到了一处不相识的地方。我又梦见城里的茶店酒馆，都搬上山来了，我和阿千便在这山上的酒馆里大喝大嚷，旁边的许多大人，都在那里惊奇仰视。

这一种接连不断的白日之梦，不知做了多少时候，阿千却背了一捆小小的草柴，和一包刺莓映山红乌米饭之类的野果，回到我立在那里的大石边来了；他脱下了小衫，光着了脊肋，那些野果就系包在他的小衫里面的。

他提议说，时候不早了，他还要砍一捆柴，且让我们吃着野果，先从山腰走向后山去罢，因为前山的草柴，已经被人砍完，第二捆不容易采刮拢来了。

慢慢地走到了山后，山下的那个真觉寺的钟鼓声音，早就从春空里传送到了我们的耳边，并且一条青烟，也刚从寺后的厨房里透出了屋顶。向寺里看了一眼，阿千就放下了那捆柴，对我说："他们在烧中饭了，大约离吃饭的时候也不很远，我还是先送你到寺里去罢！"

我们到了寺里，祖母和许多同伴者的念佛婆婆，都张大了眼睛，惊异了起来。阿千走后，她们就开始问我这一次冒险的经过，我也感到了一种得意，将如何出城，如何和阿千上山采集野果的情形，说得格外的详细。后来坐上桌去吃饭的时候，有一位老婆婆问我："你大了，打算去做些什么？"我就毫不迟疑地回答她说："我愿意去砍柴！"

故乡的茶店酒馆，到现在还在风行热闹，而这一位茶店酒馆里的小英雄，初次带我上山去冒险的阿千，却在一年涨大水的时候，喝醉了酒，淹死了。他们的家族，也一个个地死的死，散的散，现在没有生存者了；他们的那一座牛栏似的房屋，已经换过了两三个主人。时间是不饶人的，盛衰起灭也绝对地无常的：阿千之死，同时也带去了我的梦，我的青春！

文／史铁生

合欢树

十岁那年，我在一次作文比赛中得了第一。母亲那时候还年轻，急着跟我说她自己，说她小时候的作文做得还要好，老师甚至不相信那么好的文章会是她写的。“老师找到家来问，是不是家里的大人帮了忙。我那时可能还不到十岁呢。”我听得扫兴，故意笑：“可能？什么叫可能还不到？”她就解释。我装作根本不再注意她的话，对着墙打乒乓球，把她气得够呛。不过我承认她聪明，承认她是世界上长得最好看的女的。她正给自己做一条蓝地白花的裙子。

二十岁，我的两条腿残废了。除去给人家画彩蛋，我想我还应该再干点别的事，先后改变了几次主意，最后想学写作。母亲那时已不年轻，为了我的腿，她头上开始有了白发。医院已经明确表示，我的病目前没办法治。母亲的全副心思却还放在给我治病上，到处找大夫，打听偏方，花很多钱。她倒总能找来稀奇古怪的药，让我吃，让我喝，或者是洗、敷、熏、灸。“别浪费时间啦！根本没用！”我说。我一心只想着写小说，仿佛那东西能把残废人救出困境。“再试一回，不试你怎么知道会没用？”她说，每一回都虔诚地抱着希望。然而对我的腿，有多少回希望就有多少回失望。最后一回，我的胯上被熏成烫伤。医院的大夫说，这实在太悬了，对于瘫痪病人，这差不多是要命的事。我倒没太害怕，心想死了也好，死了倒痛快。母亲惊惶了几个月，昼夜守着我，一换药就说："怎么会烫了呢？我还直留神呀！"幸亏伤口好起来，不然她非疯了不可。

后来她发现我在写小说。她跟我说："那就好好写吧。"我听出来，她对治好我的腿也终于绝望。"我年轻的时候也最喜欢文学，"她说，"跟你现在差不多大的时候，我也想过搞写作，"她说，"你小时的作文不是得过第一？"她提醒我说。我们俩都尽力把我的腿忘掉。她到处去给我借书，顶着雨或冒了雪推我去看电影，像过去给我找大夫、打听偏方那样，抱了希望。

三十岁时，我的第一篇小说发表了，母亲却已不在人世。过了几年，我的另一篇小说又侥幸获奖，母亲已经离开我整整七年。

获奖之后，登门采访的记者就多。大家都好心好意，认为我不容易。但是我只准备了一套话，说来说去就觉得心烦。我摇着车躲出去，坐在小公园安静的树林里，想：上帝为什么早早地召母亲回去呢？迷迷糊糊的，我听见回答："她心里太苦了。上帝看她受不住了，就召她回去。"我的心得到一点安慰，睁开眼睛，看见风正在树林里吹过。

我摇车离开那儿，在街上瞎逛，不想回家。

母亲去世后，我们搬了家。我很少再到母亲住过的那个小院儿去。小院儿在一个大院儿的尽里头。我偶尔摇车到大院儿去坐坐，但不愿意去那个小院儿，推说手摇车进去不方便，院儿里的老太太们还都把我当儿孙看，尤其想到我又没了母亲，但都不说，光扯些闲话，怪我不常去。我坐在院子当中，喝东家的茶，吃西家的瓜。有一年，人们终于又提到母亲："到小院儿去看看吧，你妈种的那棵合欢树今年开花了！"我心里一阵抖，还是推说手摇车进出太不易。大伙就不再说，忙扯些别的，说起我们原来住的房子里现在住了小两口，女的刚生了个儿子，孩子不哭不闹，光是瞪着眼睛看窗户上的树影儿。

我没料到那棵树还活着。那年，母亲到劳动局去给我找工作，回来时在路边挖了一棵刚出土的“含羞草”，以为是含羞草，种在花盆里长，竟是一棵合欢树。母亲从来喜欢那些东西，但当时心思全在别处。第二年合欢树没有发芽，母亲叹息了一回，还不舍得扔掉，依然让它长在瓦盆里。第三年，合欢树却又长出叶子，而且茂盛了。母亲高兴了很多天，以为那是个好兆头，常去侍弄它，不敢再大意。又过一年，她把合欢树移出盆，栽在窗前的地上，有时念叨，不知道这种树几年才开花。再过一年，我们搬了家，悲痛弄得我们都把那棵小树忘记了。

与其在街上瞎逛，我想，不如就去看看那棵树吧。我也想再看看母亲住过的那间房。我老记着，那儿还有个刚来到世上的孩子，不哭不闹，瞪着眼睛看树影儿。是那棵合欢树的影子吗？小院儿里只有那棵树。

院儿里的老太太们还是那么欢迎我，东屋倒茶，西屋点烟，送到我跟前。大伙都不知道我获奖的事，也许知道，但不觉得那很重要；还是都问我的腿，问我是否有了正式工作。这回，想摇车进小院儿真是不能了。家家门前的小厨房都扩大，过道窄到一个人推自行车进出也要侧身。我问起那棵合欢树。大伙说，年年都开花，长到房高了。这么说，我再也看不见它了。我要是求人背我去看，倒也不是不行。我挺后悔前两年没有自己摇车进去看看。

我摇着车在街上慢慢走，不急着回家。人有时候只想独自静静地待一会儿。悲伤也成享受。

有一天那个孩子长大了，会想起童年的事，会想起那些晃动的树影儿，会想起他自己的妈妈，他会跑去看看那棵树。但他不会知道那棵树是谁种的，是怎么种的。

文／梁实秋

清华八年

我自民国四年进清华学校读书，民国十二年毕业，整整八年的功夫在清华园里度过。人的一生没有几个八年，何况是正在宝贵的青春？四十多年前的事，现在回想已经有些模糊，如梦如烟，但是较为凸出的印象则尚未磨灭。有人说，人在开始喜欢回忆的时候便是开始老的时候。我现在开始回忆了。

民国四年，我十四岁，在北京新鲜胡同京师公立第三小学毕业，我的父亲接受朋友的劝告要我投考清华学校。这是一个重大的决定，因为这个学校远在郊外，我是一个古老的家庭中长大的孩子，从来没有独自在街头闯荡过，这时候要捆起铺盖到一个陌生的地方去住，不是一件平常的事，而且在这个学校经过八年之后便要漂洋过海离乡背井到新大陆去负笈求学，更是难以设想的事。所以父亲这一决定下来，母亲急得直哭。

清华学校在那时候尚不大引人注意。学校的创立乃是由于民国纪元前四年美国老罗斯福总统决定退还庚子赔款半数指定用于教育用途，意思是好的，但是带着深刻的国耻的意味。所以这学校的学制特殊，事实上是留美预备学校，不由教育部管理，校长由外交部派。每年招考学生的名额，按照各省分担的庚子赔款的比例分配。我原籍浙江杭县，本应到杭州去应试，往返太费事，而且我家寄居北京很久，也可算是北京的人家，为了取得法定的根据起见，我父亲特赴京兆大兴县署办入籍手续，得到准许备案，我才到天津（当时直隶省会）省长公署报名。我的籍贯从此确定为京兆大兴县，即北京。北京东城属大兴，西城属宛平。

那一年直隶省分配名额为五名，报名应试的大概是三十几个人，初试结果取十名，复试再进选五名。复试由省长朱家宝亲自主持，此公夙来喜欢事必躬亲，不愿假手他人，居恒有一颗闲章，文曰："官要自作"。我获得初试入选的通知以后就到天津去谒见省长。十四岁的孩子几曾到过官署？大门口的站班的衙役一声吆喝，吓我一大跳，只见门内左右站着几个穿宽袍大褂的衙役垂手肃立，我逡巡走近二门，又是一声吆喝，然后进入大厅。十个孩子都到齐，有人出来点名。静静地等了一刻钟，一位面团团的老者微笑着踱了出来，从容不迫地抽起水烟袋，逐个的盘问我们几句话，无非是姓甚、名谁、几岁、什么属性之类的谈话。然后我们围桌而坐，各有毛笔纸张放在面前，写一篇作文，题目是"孝弟为人之本"。这个题目我好像从前作过，于是不假思索援笔立就，总之是一些陈词滥调。

过后不久榜发，榜上有名的除我之外有吴卓、安绍芸、梅贻宝及一位未及入学即行病逝的应某。考取学校总是幸运的事，虽然那时候我自己以及一般人并不怎样珍视这样的一个机会。

就是这样我和清华结下了八年的缘分。（节选）

文 / 朱光潜

从上学到教学

我笔名孟实，一八九七年九月十九日出生于安徽桐城乡下一个破落的地主家庭。父亲是个乡村私塾教师。我从六岁到十四岁，在父亲鞭挞之下受了封建私塾教育，读过而且大半背诵过四书五经、《古文观止》和《唐诗三百首》，看过《史记》和《通鉴辑览》，偷看过《西厢记》和《水浒》之类旧小说，学过写科举时代的策论时文。到十五岁才入“洋学堂”（高小），当时已能写出大致通顺的文章。在小学只待半年，就升入桐城中学。这是桐城派古文家吴汝纶创办的，所以特重桐城派古文，主要课本是姚惜抱的《古文辞类纂》，按教师的传授，读时一定要朗诵和背诵，据说这样才能抓住文章的气势和神韵，便于自己学习作文。我从此就放弃时文，转而摸索古文。我得益最多的国文教师是潘季野，他是一个宋诗派的诗人，在他的熏陶之下，我对中国旧诗养成了浓厚的兴趣。一九一六年中学毕业，在家乡当了半年小学教员。本想考北京大学，慕的是它的“国故”，但家贫拿不起路费和学费，只好就近考进了不收费的武昌高等师范学校中文系。我很失望，教师还不如桐城中学的。除了圈点一部段玉裁的《说文解字注》，略窥中国文字学门径之外，一无所获。读了一年之后，就碰上北洋军阀的教育部从全国几所高等师范学校里考选一批学生到香港大学去学教育。我考取了。从一九一八年到一九二二年，我就在这所英国人办的大学里学了一点教育学，但主要地还是学了英国语言和文学，以及生物学和心理学这两门自然科学的一点常识。这就奠定了我这一生教育活动和学术活动的方向。

我到香港大学后不久，就发生了五四运动，洋学堂和五四运动当然漠不相干。不过我在私塾里就酷爱梁启超的《饮冰室文集》，颇有认识新鲜事物的热望。在香港还接触到《新青年》。我看到胡适提倡白话文的文章，心里发生过很大的动荡。我始而反对，因为自己也在“桐城谬种”之列，可是不久也就转过弯来了，毅然决然地放弃了古文和文言，自己也学着写起白话来了。我在美学方面的第一篇处女作《无言之美》就是用白话文写的。写白话文时，我发现文言的修养也还有些用处，就连桐城派古文所要求的纯正简洁也还未可厚非。

香港大学毕业后，通过同班友好高觉敷的介绍，我结识了吴淞中国公学校长张东荪。应他的邀约，我于一九二二年夏，到吴淞中国公学中学部教英文，兼校刊《旬刊》的主编。当我的编辑助手的学生是当时还以进步面貌出现的姚梦生，即后来的姚蓬子。在吴淞时代我开始尝到复杂的阶级斗争的滋味。我听过李大钊和恽代英两先烈的讲话。由于我受到长期的封建教育和英帝国主义教育，同左派郑振铎和杨贤江，以及右派中国青年党陈启天、李璜等人都有些往来，我虽是心向进步青年却不热心于党派斗争，以为不问政治，就高人一等。江浙战争中吴淞中国公学被打垮了，我就由上海文艺界朋友夏丏尊介绍，到浙江上虞白马湖春晖中学教英文，在短短的几个月之中我结识了后来对我影响颇深的匡互生、朱自清和丰子恺几位好友。匡互生当时和无政府主义者有些往来，还和毛泽东同志同过学，因不满意春晖中学校长的专制作风，建议改革而没有被采纳，就愤而辞去教务主任职，掀起一场风潮。我同情他，跟他一起采取断然态度，离开春晖中学跑到上海去另谋生路。我和他到了上海之后，夏丏尊、章锡琛、丰子恺、周为群等，也陆续离开春晖中学赶到上海。上海方面又陆续加上叶圣陶、胡愈之、周予同、陈之佛、刘大白、夏衍几位朋友。我们成立了一个立达学会，在江湾筹办了一所立达学园。开办的宗旨是在匡互生的授意之下由我草拟后正式公布的。这个宣言提出了教育独立自由的口号，矛头直接针对着北洋军阀的专制教育。与立达学园紧密联系在一起的还有由我们筹办的开明书店和一种刊物（先叫《一般》，后改名《中学生》）。“开明”是“启蒙”的意思，争取的对象是以中学生为主的青年一代。这家书店就是新中国成立后由叶圣陶在北京主持的青年书店，即中国青年出版社的前身。我把上海的这段经历说详细一点，因为这是我一生的一个主要转折点和后来一些活动的起点。我的大部分著述都是为青年写的，而且是由开明书店出版的。

文／梁漱溟

何谓理想的生活态度

吾人的自觉力

一个人缺乏了自觉的时候，便只像一件东西而不像人，或说只像一个动物而不像人。自觉真真是人类最可宝贵的东西！只有在我的心里清楚明白的时候，才是我超越对象、涵盖对象的时候；只有在超越涵盖对象的时候，一个人才能够对自己有办法。人类优越的力量是完全从此处来的。所以怎么样让我们心里常常清明，真是一件顶要紧的事情。

古代的贤哲，他对于人类当真有一种悲悯的意思。他不是悲悯旁的，而是悲悯人类本身常常有一个很大的机械性。所谓机械性，是指很愚蠢而不能清明自主，像完全缺乏了自觉地在那里转动而言。人类最大的可怜就在此。这点不是几句话可以说得明白；只有常常冷眼去看的时候，才能见到人类的可悲悯。

人在什么时候才可以超脱这个不自主的机械性呢？那就要在他能够清明自觉的时候。不过，这是很不容易。人在婴儿时代是很蠢的，这时他无法自觉。到了幼年、青年时代，又受血气的支配很大。成年以后的人，似乎受血气的支配较小；但他似乎有更不如青年人处，因这时他在后天的习染已成，如计较、机变、巧诈等都已上了熟路，这个更足以妨碍、蒙蔽他的清明自觉。所以想使人人能够清明自觉，实在是一大难事。人类之可贵在其清明自觉，人类之可怜在其不能清明自觉，但自今以前的人类社会，能够清明自觉者，实在太少了。

中国古人与近代西洋人在学术上都有很大的创造与成就。但他们却像是向不同的方向致力的。近代西洋人系向外致力，其对象为物，对自然界求了解而驾驭之。中国古人不然，他是在求了解自己，驾驭自己——要使自己对自己有一种办法。亦即是求自己生命中之机械性能够减少，培养自己内里常常清明自觉的力量。中国人之所谓学养，实在就是指的这个。

人若只在本能支配下过生活，只在习惯里面来动弹，那就太可怜了。我们要开发我们的清明，让我们正源的力量培养出来；我们要建立我们的人格。失掉清明就是失掉了人格！

欲望与志气

在这个时代的青年，能够把自己安排对了的很少。在这时代，有一个大的欺骗他，或耽误他，容易让他误会，或让他不留心的一件事，就是把欲望当志气。这样的用功，自然不得其方。也许他很卖力气，因为背后存个贪的心，不能不如此。可是他这样卖力气，却很不自然，很苦，且难以长进。虽有时也会起一个大的反动，觉得我这样是干什么？甚或会完全不干，也许勉强干。但当自己勉强自己时，读书做事均难入，无法全副精神放在事情上。甚且会自己搪塞自己。越聪明的人，越容易有欲望，越不知应在哪个地方搁下那个心。心实在应该搁在当下的。可是聪明讲，不似从前的严格；殊不知正在这些地的人，老是搁不在当下，老往远处跑，烦躁而不宁。所以没有志气的固不用说，就是自以为有志气的，往往不是志气而是欲望。仿佛他期望自己能有成就，要成功怎么个样子，这样不很好吗？无奈在这里常藏着不合适的地方，自己不知道。自己越不宽松，越不能耐，病就越大。所以前人讲学，志气欲望之辨很严，必须不是从自己躯壳动念，而念头真切，才是真志气。自西洋风气进来，反对欲望的话没人讲，是自己骗自己害自己。

求学与不老

我常说一个人一生都有他的英雄时代，此即吾人的青年期。因青年比较有勇气，喜奔赴理想，天真未失，冲动颇强，煞是可爱也。然此不过以血气方盛，故暂得如此。及其血气渐衰，世故日深，惯于作伪，习于奸巧，则无复足取而大可哀已！往往青年时不大见锐气的，到后来亦不大变；愈是青年见英锐豪侠气的，到老来愈变化得厉害，前后可判若两人。我眼中所见的许多革命家都是如此。

然则，吾人如何方能常保其可爱者而不落于可哀耶？此为可能否耶？依我说，是可能的。我们知道，每一生物，几乎是一副能自动转的机器。但按人类生命之本质言，他是能超过于此一步的机械性，因人有自觉，有反省，能了解自己——其他生物则不能。血气之勇的所以不可靠，正因其是机械的；这里的所谓机械，即指血气而言。说人能超机械，即谓其能超血气。所以人的神明意志不随血气之衰而衰，原有可能的：那就在增进自觉，增进对自己的了解上求之。

中国古人的学问，正是一种求能了解自己且对自己有办法的学问；与西洋学问在求了解外界而对外界有办法者，其方向正好不同。程明道先生常说“不学便老而衰”。他这里之所谓学，很明白的是让人生命力高强活泼，让人在生活上能随时去真正了解自己；如此，人自己就有意志，亦就有办法。

谈学问

一说到学问，普通人总以为知道很多，处处显得很渊博，才算学问。其实就是渊博也不算学问。什么才是学问？学问就是能将眼前的道理、材料系统化、深刻化。更扼要地说，就是“学问贵能得要”，能得要才算学问。如何才是得要？就是在自己这一方面能从许多东西中简而约之成为几个简单的要点，甚或只成功几个名词，就已够了。一切的学问家都是如此，在他口若不说时，心中只有一个或几个简单的意思；将这一个或几个意思变化起来，就让人家看着觉得无穷无尽。所以在有学问的人，没有觉得学问是复杂的，在他身上也没有觉得有什么，很轻松，真是虚如无物。如果一个人觉得他身上背了很多学问的样子，则这个人必非学问家。学问家以能得要，故觉轻松、爽适、简单。和人家讲学问亦不往难处讲，只是平常地讲，而能讲之不尽，让人家看来很多。如果不能得要，将所有的东西记下来，则你必定觉得负担很重，很为累赘，不能随意运用。所以说学问贵能得要。得要就是心得、自得！

再则学问也是我们脑筋对宇宙形形色色许多材料的吸收消化。吸收不多是不行，消化不了更不行。在学问里面你要能自己进得去而又出得来，这就是有活的生命，而不被书本知识所压倒。在佛家禅宗的书里面，叙述一个故事，讲一个大师对许多和尚说:“你们虽有一车兵器而不能用，老僧虽只寸铁，便能杀人。”这寸铁是他自己的，所以有用；别人虽然眼前摆着许多兵器，但与自己无关，运用不来；这就是在乎一自得，一不自得也。问题来了，能认识，能判断，能抓住问题的中心所在，这就是有用，就是有学问；问题来了，茫然地不能认识问题的诀窍，不能判断，不能解决，这就是无学问。

成功与失败

没有志气的人，没有成败可说；有志气的人，没有经过二三十年的奋斗不懈的阅历，也不会懂得成功与失败是怎么一回事。成功是什么呢？成功是巧，是天，不是我。失败是什么呢？失败是我，是我的错误，我有缺漏。

一事之成，都需要若干方面若干条件的凑合。百分之九十九都凑合了，一分凑不齐，便不成。在这百分中，有若干是需要自己努力的；有若干是自己努力不来，而有待于外的。而细审之，没有哪一点不需要自己精神贯注，亦没有哪一点不有待于外面机会（非自己力所能及）。然而一个人（或一伙人，或一个团体），怎能没有错误呢？没有缺漏呢？聪明而晓事的人，早晓得自己大小错误多得很，缺漏到处皆是。凡自以为我无过者，都是昏庸蠢劣之极。成功是什么？成功是巧而已，是侥幸而已。古往今来，于事业有成者，而其人又聪明晓事，吾知其于与成功之时必有此叹也。而失败了呢？则怨不得人。一切失败，自然都是各面不凑合，什么事本非自己多能包办的。然而失败之由，总在自己差失处，精神不照处，或是更大的错误，根本错误。像是楚霸王的“天亡我也”，虽在某时亦确有此叹；不过，若因此将自己许多错误缺漏都不算，那还是蠢劣，自己不要强。所以说失败是我，我值其咎。

— 第 三 辑 —

你现在的气度，藏着走过的路，读过的书

在自然的世界里，人生就是要走向生命的远方；而在心灵的世界里，人生就是要走向诗意的王国。书是心灵的远方。

文／丁立梅

书香作伴

年少的时候，我曾热切地做过一个梦，一个有关书的梦：开一家小书店，抬头是书，低头还是书。

那时家贫，无钱买书。对书的渴望，很像饥寒的人对一碗热汤的渴盼。偶尔得了几枚硬币，不舍得用，慢慢积攒着，等有一天，走上几十里的土路，到老街上去。

老街上最诱惑我的，不是酸酸甜甜的糖葫芦，不是香香喷喷的各色糕点，不是喜欢的红绸带，而是小人书。小人书是一个中年男人的，他把书摊摆在某棵大树下，或是巷道的拐角处。书大多破旧得很了，有的甚至连封面都没了，可是，有什么关系呢？它们在我眼里，是散着馨香的。我穿过川流的人群奔过去，我穿过满街的热闹奔过去，远远望见那个男人，望见他脚跟前的书，心里腾跳出欢喜来，哦，在呢，在呢。我扑过去，蹲在那里，租了书看，直看到暮色四合，用尽身上最后一枚硬币。

读小学时，我的班主任家里订有一些报刊，让我垂涎不已。班主任跟我父亲是旧交，凭着这层关系，我常去他家借书看。他对书也是珍爱的，一次只肯借我一本。有时夜晚，借来的书看完了，我又想看另外的。

这种欲望一旦产生，便汹涌澎湃起来，势不可当。怕父母阻拦，我偷偷出门，跑去班主任家，一个人走上五六里的路。乡村的夜，空旷得无边无际，偶有一声两声狗吠，叫得格外突兀，让人心惊肉跳。我看着自己小小的影子在月下行走，像一枚飘着的叶，内心却被一种幸福填得满满的。新借得的书，安静在我的怀里，温良、敦厚，让我有满怀的欢喜。

多年后，我想起那些夜晚，还觉得幸福。母亲惊奇，那时候，你还那么小，一个人走夜路，怎么不晓得害怕？我笑，我那时有书作伴呢，哪里想到怕了？那样的月色，漫着，水一样的。一个村庄，在安睡。我走在村庄的梦里面，怀里的书，散发出温暖亲切的气息。

上高中时，语文老师清瘦矍铄，爱书如命。他藏有一壁橱的书。我憋足了劲学好语文，只为讨得他欢喜，好开口问他借书。他也终于答应我，我想读书时，可以去他家借。

他家住在老街上，很旧的平房，木板门上的铜环都生锈了。屋顶上黛青色的瓦缝里，长着一蓬一蓬的狗尾巴草。这样的房子在我眼里，却如童话中的小城堡，只要打开，里面就会蹦跳出无数的美好来。

是四五月吧，他屋门前的一棵泡桐树，开了一树紫色的桐花，小花伞似的，撑着。我去借书，看到他在树下坐着，一人，一椅，一本书。读到高兴处，他拊掌大叹，妙啊！

他孩子气的大叹，让我看到人生还有另一种活法：单纯，洁净，桐花一般地美好着，与书有关。

后来，我离开老街，忘了很多的人和事，却常不经意地会想起他：一树的桐花，开得摇摇欲坠，他在树下端坐。如果我的记忆也是一册书，那么，他已成一枚书签，插在这册书里面。

而今，我早已拥有了自己的书房，也算实现了当初的梦想——抬头是书，低头还是书。若是外出，不管去哪里，我最喜欢逛的，定是当地的书店和书摊。

午后时光，太阳暖暖的，风吹得漫漫的，人在阳台上小憩，随便从书架上抽出一本书，摊膝上，风吹哪页读哪页。如果书也是一朵花，我这样想象着，如果是的话，那么，风吹来，随便吹开的一页，那一页，便是盛开的一瓣花。

人、书、风，就这样安静在阳光下，安静在岁月里，妥帖，脉脉温情。

文／梁实秋

漫谈读书

我们现代人读书真是幸福。古者，“著于竹帛谓之书”，竹就是竹简，帛就是缣素。书是稀罕而珍贵的东西。一个人若能垂于竹帛，便可以不朽。孔子晚年读《易》，韦编三绝，用韧皮贯联竹简，翻来翻去以至于韧皮都断了，那时候读书多么吃力！后来有了纸，有了毛笔，书的制作比较方便，但在印刷之术未行以前，书的流传完全是靠抄写。我们看看唐人写经，以及许多古书的钞本，可以知道一本书得来非易。自从有了印刷术，刻版、活字、石印、影印，乃至于显微胶片，读书的方便无以复加。

物以稀为贵。但是书究竟不是普通的货物。书是人类的智慧的结晶，经验的宝藏，所以尽管如今满坑满谷的都是书，书的价值不是用金钱可以衡量的。价廉未必货色差，畅销未必内容好。书的价值在于其内容的精到。宋太宗每天读《太平御览》等书二卷，漏了一天则以后追补，他说：“开卷有益，朕不以为劳也。”这是“开卷有益”一语之由来。《太平御览》采集群书一千六百余种，分为五十五门，历代典籍尽萃于是，宋太宗日理万机之暇日览两卷，当然可以说是“开卷有益”。如今我们的书太多了，纵不说粗制滥造，至少是种类繁多，接触的方面甚广。我们读书要有抉择，否则不但无益而且浪费时间。

那么读什么书呢？这就要看个人的兴趣和需要。在学校里，如果能在教师里遇到一两位有学问的，那是最幸运的事，他能适当指点我们读书的门径。离开学校就只有靠自己了。读书，永远不恨其晚。晚，比永远不读强。有一个原则也许是值得考虑的：作为一个地道的中国人，有些部书是非读不可的。这与行业无关。理工科的、财经界的、文法门的，都需要读一些蔚成中国文化传统的书。经书当然是其中重要的一部分，史书也一样的重要。盲目地读经不可以提倡，意义模糊的所谓“国学”亦不能餍现代人之望。一系列的古书是我们应该以现代眼光去了解的。

黄山谷说：“人不读书，则尘俗生其间，照镜则面目可憎，对人则语言无味。”细味其言，觉得似有道理。事实上，我们所看到的人，确实是面目可憎语言无味的居多。我曾思索，其中因果关系安在？何以不读书便面目可憎语言无味？我想也许是因为读书等于是尚友古人，而且那些古人著书立说必定是一时才俊，与古人游不知不觉受其熏染，终乃收改变气质之功，境界既高，胸襟既广，脸上自然透露出一股清醇爽朗之气，无以名之，名之曰书卷气。同时在谈吐上也自然高远不俗。反过来说，人不读书，则所为何事，大概是陷身于世网尘劳，困厄于名缰利锁，五烧六蔽，苦恼烦心，自然面目可憎，焉能语言有味？

当然，改变气质不一定要靠读书。例如，艺术家就另有一种修为。“伯牙学琴于成连先生，三年不成。成连言吾师方子春今在东海中，能移人情。乃与伯牙偕往，到蓬莱山，留伯牙宿，曰：‘子居习之，吾将迎师。’刺船而去，旬时不返。伯牙延望无人，但闻海水澒洞崩坼之声，山林窅冥，群鸟悲号，怆然叹曰：‘先生将移我情。’乃援琴而歌，曲成，成连刺船迎之而返。伯牙之琴，遂妙天下。”这一段记载，写音乐家之被自然改变气质，虽然神秘，不是不可理解的。禅宗教外别传，根本不立文字，靠了顿悟即能明心见性。这究竟是生有异禀的人之超绝的成就。以我们一般人而言，最简便的修养方法还是读书。

书，本身就有情趣，可爱，大大小小形形色色的书，立在架上，放在案头，摆在枕边，无往而不宜。好的版本尤其可喜。我对线装书有一分偏爱。吴稚晖先生曾主张把线装书一律丢在茅厕坑里，这偏激之言令人听了不大舒服。如果一定要丢在茅厕坑里，我丢洋装书，舍不得丢线装书。可惜现在线装书很少见了，就像穿长袍的人一样的稀罕。几十年前我搜求杜诗版本，看到古逸丛书影印宋版蔡孟弼《草堂诗笺》，真是爱玩不忍释手，想见原本之版面大，刻字精，其纸张墨色亦均属上选。在校勘上笺注上此书不见得有多少价值，可是这部书本身确是无上的艺术品。

文／叶圣陶

立志自学

高中毕业生只有一小部分进大学，这种情形在本世纪内大概不会有根本的改变。进不了大学没有多大关系，有志气的青年可以自学。进大学固然可以学到知识，可不能说不进大学就无法学到知识。学习是自己的事。自己要学习，在任何环境里都能够自学，都能够学到切实有用的知识，何况如今社会各方面正在努力为青年们提供各种形式的自学条件。如果自己不要学习，进了大学也未必真能够学到什么，甚至可以说肯定学不到什么。花上四五年取得一张文凭，只是有了一张文凭而已，在实际工作中却抵不上一个真肯学习又真会学习的中学毕业生，这样的例子并不是没有。

知识无穷无尽，古人就有“知也无涯”的话。大学分院分科分系，一个人进了大学，学到的知识只是很小的一个角落，深度和广度都还不够。从消极方面说，还不足以充分适应工作和生活的需要；从积极方面说，还不能有所创造，有所前进。所以大学毕业之后还是要自学，在工作和生活中自学，根据工作和生活的需要自学。许多真有成就的人，他们的知识绝大部分是自己学来的，并不是坐在课堂里听来的。

老师对学生是极有帮助的。所谓帮助，主要不在于传授知识，而在于引导学生自己去求得知识，也就是引导学生自己去发现问题，自己去解决问题。这种自己求得知识的本领，有老师指引固然容易长进，没有老师指引，也可以在不懈的探索中练成。光是自己探索当然要多费力气，然而是值得的，因为自己探索得来的往往更为深刻。

我不是说进大学不管用，只是说进了大学，学习还得靠自己；毕了业还得努力自学，永不休歇。在立志自学这个问题上，进不进大学并无不同。

文 / 鲁迅

藤野先生

东京也无非是这样。上野的樱花烂漫的时节，望去确也像绯红的轻云，但花下也缺不了成群结队的“清国留学生”的速成班，头顶上盘着大辫子，顶得学生制帽的顶上高高耸起，形成一座富士山。也有解散辫子，盘得平的，除下帽来，油光可鉴，宛如小姑娘的发髻一般，还要将脖子扭几扭。实在标致极了。

中国留学生会馆的门房里有几本书买，有时还值得去一转；倘在上午，里面的几间洋房里倒也还可以坐坐的。但到傍晚，有一间的地板便常不免要咚咚咚地响得震天，兼以满房烟尘斗乱；问问精通时事的人，答道：“那是在学跳舞。”

到别的地方去看看，如何呢？

我就往仙台的医学专门学校去。从东京出发，不久便到一处驿站，写道：日暮里。不知怎地，我到现在还记得这名目。其次却只记得水户了，这是明的遗民朱舜水先生客死的地方。仙台是一个市镇，并不大；冬天冷得利害；还没有中国的学生。

大概是物以稀为贵罢。北京的白菜运往浙江，便用红头绳系住菜根，倒挂在水果店头，尊为“胶菜”；福建野生着的芦荟，一到北京就请进温室，且美其名曰“龙舌兰”。我到仙台也颇受了这样的优待，不但学校不收学费，几个职员还为我的食宿操心。我先是住在监狱旁边一个客店里的，初冬已经颇冷，蚊子却还多，后来用被盖了全身，用衣服包了头脸，只留两个鼻孔出气。在这呼吸不息的地方，蚊子竟无从插嘴，居然睡安稳了。饭食也不坏。但一位先生却以为这客店也包办囚人的饭食，我住在那里不相宜，几次三番，几次三番地说。我虽然觉得客店兼办囚人的饭食和我不相干，然而好意难却，也只得别寻相宜的住处了。于是搬到别一家，离监狱也很远，可惜每天总要喝难以下咽的芋梗汤。

从此就看见许多陌生的先生，听到许多新鲜的讲义。解剖学是两个教授分任的。最初是骨学。其时进来的是一个黑瘦的先生，八字须，戴着眼镜，挟着一叠大大小小的书。一将书放在讲台上，便用了缓慢而很有顿挫的声调，向学生介绍自己道：

“我就是叫做藤野严九郎的……”

后面有几个人笑起来了。他接着便讲述解剖学在日本发达的历史，那些大大小小的书，便是从最初到现今关于这一门学问的著作。起初有几本是线装的；还有翻刻中国译本的，他们的翻译和研究新的医学，并不比中国早。

那坐在后面发笑的是上学年不及格的留级学生，在校已经一年，掌故颇为熟悉的了。他们便给新生讲演每个教授的历史。这藤野先生，据说是穿衣服太模糊了，有时竟会忘记带领结；冬天是一件旧外套，寒颤颤的，有一回上火车去，致使管车的疑心他是扒手，叫车里的客人小心些。

他们的话大概是真的，我就亲见他有一次上讲堂没有带领结。

过了一星期，大约是星期六，他使助手来叫我了。到了研究室，见他坐在人骨和许多单独的头骨中间——他正在研究着头骨，后来有一篇论文在本校的杂志上发表出来。

“我的讲义，你能抄下来么？”他问。

“可以抄一点。”

“拿来我看！”

我交出所抄的讲义，他收下了，第二三天便还我，并且说，此后每一星期要送给他看一回。我拿下来打开看时，很吃了一惊，同时也感到一种不安和感激。原来我的讲义已经从头到末，都用红笔添改过了，不但增加了许多脱漏的地方，连文法的错误，也都一一订正。这样一直继续到教完了他所担任的功课：骨学、血管学、神经学。

可惜我那时太不用功，有时也很任性。还记得有一回藤野先生将我叫到他的研究室里去，翻出我那讲义上的一个图来，是下臂的血管，指着，向我和蔼地说道：

“你看，你将这条血管移了一点位置了。自然，这样一移，的确比较好看些，然而解剖图不是美术，实物是那么样的，我们没法改换它。现在我给你改好了，以后你要全照着黑板上那样的画。”

但是我还不服气，口头答应着，心里却想道：

“图还是我画的不错；至于实在的情形，我心里自然记得的。”

学年试验完毕之后，我便到东京玩了一夏天，秋初再回学校，成绩早已发表了，同学一百余人之中，我在中间，不过是没有落第。这回藤野先生所担任的功课，是解剖实习和局部解剖学。

解剖实习了大概一星期，他又叫我去了，很高兴地，仍用了极有抑扬的声调对我说道：

“我因为听说中国人是很敬重鬼的，所以很担心，怕你不肯解剖尸体。现在总算放心了，没有这回事。”

但他也偶有使我很为难的时候。他听说中国的女人是裹脚的，但不知道详细，所以要问我怎么裹法，足骨变成怎样的畸形，还叹息道："总要看一看才知道究竟是怎么一回事呢？"

有一天，本级的学生会干事到我寓里来了，要借我的讲义看。我交给他们，却只翻检了一通，并没有带走。但他们一走，邮差就送到一封很厚的信，拆开看时，第一句是：

"你改悔罢！"

这是《新约》上的句子罢，但经托尔斯泰新近引用过。其时正值日俄战争，托老先生便写了一封给俄国和日本的皇帝的信，开首便是这一句。日本报纸上很斥责他的不逊，爱国青年也愤然，然而暗地里却早受了他的影响了。其次的话，大略是说上年解剖学试验的题目，是藤野先生讲义上做了记号，我预先知道的，所以能有这样的成绩。末尾是匿名。

我这才回忆到前几天的一件事。因为要开同级会，干事便在黑板上写广告，末一句是"请全数到会勿漏为要"，而且在"漏"字旁边加了一个圈。我当时虽然觉到圈得可笑，但是毫不介意，这回才悟出那字也在讥刺我了，犹言我得了教员漏泄出来的题目。

我便将这事告知了藤野先生；有几个和我熟识的同学也很不平，一同去诘责干事托辞检查的无礼，并且要求他们将检查的结果，发表出来。终于这流言消灭了，干事却又竭力运动，要收回那一封匿名信去。结末是我便将这托尔斯泰式的信退还了他们。

中国是弱国，所以中国人当然是低能儿，分数在六十分以上，便不是自己的能力了：也无怪他们疑惑。但我接着便有参观枪毙中国人的命运了。第二年添教霉菌学，细菌的形状是全用电影来显示的，一段落已完而还没有到下课的时候，便影几片时事的片子，自然都是日本战胜俄国的情形。但偏有中国人夹在里边：给俄国人做侦探，被日本军捕获，要枪毙了，围着看的也是一群中国人；在讲堂里的还有一个我。

“万岁！”他们都拍掌欢呼起来。

这种欢呼，是每看一片都有的，但在我，这一声却特别听得刺耳。此后回到中国来，我看见那些闲看枪毙犯人的人们，他们也何尝不酒醉似的喝彩——呜呼，无法可想！但在那时那地，我的意见却变化了。

到第二学年的终结，我便去寻藤野先生，告诉他我将不学医学，并且离开这仙台。他的脸色仿佛有些悲哀，似乎想说话，但竟没有说。

“我想去学生物学，先生教给我的学问，也还有用的。”其实我并没有决意要学生物学，因为看得他有些凄然，便说了一个慰安他的谎话。

“为医学而教的解剖学之类，怕于生物学也没有什么大帮助。”他叹息说。

将走的前几天，他叫我到他家里去，交给我一张照相，后面写着两个字道：“惜别”，还说希望将我的也送他。但我这时适值没有照相了；他便叮嘱我将来照了寄给他，并且时时通信告诉他此后的状况。

我离开仙台之后，就多年没有照过相，又因为状况也无聊，说起来无非使他失望，便连信也怕敢写了。经过的年月一多，话更无从说起，所以虽然有时想写信，却又难以下笔，这样的一直到现在，竟没有寄过一封信和一张照片。从他那一面看起来，是一去之后，杳无消息了。

但不知怎地，我总还时时记起他，在我所认为我师的之中，他是最使我感激，给我鼓励的一个。有时我常常想：他的对于我的热心的希望，不倦的教诲，小而言之，是为中国，就是希望中国有新的医学；大而言之，是为学术，就是希望新的医学传到中国去。他的性格，在我的眼里和心里是伟大的，虽然他的姓名并不为许多人所知道。

他所改正的讲义，我曾经订成三厚本，收藏着的，将作为永久的纪念。不幸七年前迁居的时候，中途毁坏了一口书箱，失去半箱书，恰巧这讲义也遗失在内了。责成运送局去找寻，寂无回信。只有他的照相至今还挂在我北京寓居的东墙上，书桌对面。每当夜间疲倦，正想偷懒时，仰面在灯光中瞥见他黑瘦的面貌，似乎正要说出抑扬顿挫的话来，便使我忽又良心发现，而且增加勇气了，于是点上一支烟，再继续写些为“正人君子”之流所深恶痛疾的文字。

文 / 孙道荣

餐桌是最好的课桌

自从儿子上中学之后，我与儿子见面最多的地方，就是餐桌上。

早晨六点，儿子必须准时起来，洗漱，吃早饭，然后出门去上学。这时候，我多半还没有起床。中午，我们一家三口，在各自的食堂吃饭。晚上，儿子总是最后一个回到家，课多，放学迟，没办法。等儿子一回家，我们就开晚饭。为了让儿子能吃上一口热饭，妻子总是能在门铃响起来的时候，恰到好处地炒好最后一道菜。儿子放下书包，径直来到餐桌旁，吃饭。他总是埋头吃得很快，狼吞虎咽，很饿的样子，又很匆忙的样子。让他吃慢点，他嘟囔着，还有好多作业要做呢。我和妻子相互看一眼，怜惜地叹口气。吃好饭，儿子一转身，去他自己的房间，做作业去了，直到很晚，才出来洗漱一下，睡觉。这一天就算结束了。

即使双休日，与儿子的见面机会也不多，大部分时间，他在自己的房间里看书，做作业，除了偶尔出来喝口水，或者上厕所。不过，双休日终究是不同的，唯这两天，我们一家三口，可以围坐在餐桌旁，共进早餐、午餐和晚餐。这是多么难得的幸福时光。因此，双休日的任何应酬，我都是坚辞的。

餐桌，是我们一家三口，尤其是我们两夫妻与孩子聚在一起最多的地方。餐桌上，也成为我们了解儿子的一个窗口。一个非常重要的窗口。

儿子在学校的情况，除了老师告知的，我们基本上都是在餐桌上获悉的。今天在学校遇到了什么新鲜的事，开心的事，或者不顺心的事，儿子都会告诉我们。这算是我们从小培养他的一个好习惯，不管遇到什么事，都和父母讲。还是儿子上幼儿园的时候，有一天，他回来之后兴奋地跟我们讲，班上有一个女同学，对他特别特别好，长大之后，他一定要讨她做老婆。我和妻子笑岔了气。但我们没有批评他，更没有训斥他，只是告诉他，等你长大了，还这样想的话，我们一定支持你。没过多少天，儿子就忘记了这个茬。

初中的时候，儿子喜欢上了班里的一个女生，每次看到她，脸都憋得通红，上课老是走神，儿子很苦恼。这次也是吃饭的时候，他自己告诉我们的。孩子早恋固然不好，但可怕的其实并不是早恋本身，而是父母压根就不知情，而错失了帮孩子一把的机会。儿子告诉我们之后，我和妻子认真地商量了对策。第二天吃晚饭的时候，我们告诉儿子，你那个吧，其实算不上早恋，顶多只是暗恋，单相思。正像你暗恋这个女生一样，说不定也有个女同学暗自喜欢你。儿子的脸，被我们说红了。我赶紧又补了一句，老爸年轻时，也和你一样，有过暗恋。这下惨了，儿子穷追不舍让我交代自己的老底子。我只好老实交代。儿子瞅一眼老妈说，没想到老爸年轻时还这么浪漫。我说，你老妈也有故事。在儿子的追问下，妻子也坦白了。听着我们那个年代久远的故事，儿子笑翻了。我告诉儿子，喜欢女同学，这是很纯洁的感情，很正常，既没必要担心，也没必要自责，你可以把它当成一件贵重的礼物，暂时埋在心底。儿子听从了我们的建议，慢慢地渡过了这一关。他和那个女同学，成了最好的朋友。

只要儿子愿意在餐桌上讲的事，我和妻子都会认真地倾听。让孩子敢讲话，乐于讲话，并把话讲完，这是非常重要的。有的人喜欢用餐时放音乐，而在我们家，一家三口其乐融融地边吃饭，边交谈，是最美妙的一件事情。尤其是在儿子上高中之后，我意识到纵令儿子与我们在一起吃饭，也将慢慢变成一件奢侈的事情，因为他很快就会离家读大学去了，到了那时，只有假期，我们一家才有可能团聚在一起了。因而，每一次围坐在餐桌旁的机会，都弥足珍贵。

也有很多时候，儿子不想讲话，只顾埋头吃饭。这时候，我就会和妻子交流一下各自工作中的情况，并就某个问题，旗帜鲜明地发表自己的意见。有时候，儿子会突然冒出一句，表明他的观点和态度。不要以为孩子与这件事无关，他就丝毫不关心，对这个世界，他开始尝试着有自己的价值判断。而这样的交流，同样会潜移默化地影响他。

没错，对一个家庭来说，餐桌远不止一个吃饭的地方，它还是一个非常重要的交流平台，特别是有孩子的家庭。餐桌是家里最好的课桌，它可以帮助你教给孩子很多在课堂上学不到的东西。

文／鲁迅

阿长与山海经

长妈妈，已经说过，是一个一向带领着我的女工，说得阔气一点，就是我的保姆。我的母亲和许多别的人都这样称呼她，似乎略带些客气的意思。只有祖母叫她阿长。我平时叫她“阿妈”，连“长”字也不带；但到憎恶她的时候——例如知道了谋死我那隐鼠的却是她的时候，就叫她阿长。

我们那里没有姓长的；她生得黄胖而矮，“长”也不是形容词。又不是她的名字，记得她自己说过，她的名字是叫作什么姑娘的。什么姑娘，我现在已经忘却了，总之不是长姑娘；也终于不知道她姓什么。记得她也曾告诉过我这个名称的来历：先前的先前，我家有一个女工，身材生得很高大，这就是真阿长。后来她回去了，我那什么姑娘才来补她的缺，然而大家因为叫惯了，没有再改口，于是她从此也就成为长妈妈了。

虽然背地里说人长短不是好事情，但倘使要我说句真心话，我可只得说：我实在不大佩服她。最讨厌的是常喜欢切切察察，向人们低声絮说些什么事。还竖起第二个手指，在空中上下摇动，或者点着对手或自己的鼻尖。我的家里一有些小风波，不知怎的我总疑心和这“切切察察”

有些关系。又不许我走动，拔一株草，翻一块石头，就说我顽皮，要告诉我的母亲去了。一到夏天，睡觉时她又伸开两脚两手，在床中间摆成一个“大”字，挤得我没有余地翻身，久睡在一角的席子上，又已经烤得那么热。推她呢，不动；叫她呢，也不闻。

“长妈妈生得那么胖，一定很怕热罢？晚上的睡相，怕不见得很好罢？……”

母亲听到我多回诉苦之后，曾经这样地问过她。我也知道这意思是要她多给我一些空席。她不开口。但到夜里，我热得醒来的时候，却仍然看见满床摆着一个“大”字，一条臂膊还搁在我的颈子上。我想，这实在是无法可想了。

但是她懂得许多规矩；这些规矩，也大概是我所不耐烦的。一年中最高兴的时节，自然要数除夕了。辞岁之后，从长辈得到压岁钱，红纸包着，放在枕边，只要过一宵，便可以随意使用。睡在枕上，看着红包，想到明天买来的小鼓、刀枪、泥人、糖菩萨……然而她进来，又将一个福橘放在床头了。

“哥儿，你牢牢记住！”她极其郑重地说，“明天是正月初一，清早一睁开眼睛，第一句话就得对我说：‘阿妈，恭喜恭喜！’记得么？你要记着，这是一年的运气的事情。不许说别的话！说过之后，还得吃一点福橘。”她又拿起那橘子来在我的眼前摇了两摇，“那么，一年到头，顺顺溜溜……”

梦里也记得元旦的，第二天醒得特别早，一醒，就要坐起来。她却立刻伸出臂膊，一把将我按住。我惊异地看她时，只见她惶急地看着我。

她又有所要求似的，摇着我的肩。我忽而记得了——

“阿妈，恭喜……”

“恭喜恭喜！大家恭喜！真聪明！恭喜恭喜！”她于是十分欢喜似

的，笑将起来，同时将一点冰冷的东西，塞在我的嘴里。我大吃一惊之后，也就忽而记得，这就是所谓福橘，元旦劈头的磨难，总算已经受完，可以下床玩耍去了。

她教给我的道理还很多，例如说人死了，不该说死掉，必须说“老掉了”；死了人，生了孩子的屋子里，不应该走进去；饭粒落在地上，必须捡起来，最好是吃下去；晒裤子用的竹竿底下，是万不可钻过去的……此外，现在大抵忘却了，只有元旦的古怪仪式记得最清楚。总之：都是些烦琐之至，至今想起来还觉得非常麻烦的事情。

然而我有一时也对她发生过空前的敬意。她常常对我讲“长毛”。她之所谓“长毛”者，不但洪秀全军，似乎连后来一切土匪强盗都在内，但除却革命党，因为那时还没有。她说得长毛非常可怕，他们的话就听不懂。她说先前长毛进城的时候，我家全都逃到海边去了，只留一个门房和年老的煮饭老妈子看家。后来长毛果然进门来了，那老妈子便叫他们“大王”——据说对长毛就应该这样叫——诉说自己的饥饿。长毛笑道：“那么，这东西就给你吃了罢！”将一个圆圆的东西掷了过来，还带着一条小辫子，正是那门房的头。煮饭老妈子从此就骇破了胆，后来一提起，还是立刻面如土色，自己轻轻地拍着胸脯道：“啊呀，骇死我了，骇死我了……”

我那时似乎倒并不怕，因为我觉得这些事和我毫不相干的，我不是一个门房。但她大概也即觉到了，说道：“像你似的小孩子，长毛也要掳的，掳去做小长毛。还有好看的姑娘，也要掳。”

“那么，你是不要紧的。”我以为她一定最安全了，既不做门房，又不是小孩子，也生得不好看，况且颈子上还有许多炙疮疤。

“那里的话？！”她严肃地说，“我们就没有用处？我们也要被掳去。城外有兵来攻的时候，长毛就叫我们脱下裤子，一排一排地站在城墙上，外面的大炮就放不出来；再要放，就炸了！”

这实在是出于我意想之外的，不能不惊异。我一向只以为她满肚子是麻烦的礼节罢了，却不料她还有这样伟大的神力。从此对于她就有了特别的敬意，似乎实在深不可测；夜间的伸开手脚，占领全床，那当然是情有可原的了，倒应该我退让。

这种敬意，虽然也逐渐淡薄起来，但完全消失，大概是在知道她谋害了我的隐鼠之后。那时就极严重地诘问，而且当面叫她阿长。我想我又不真做小长毛，不去攻城，也不放炮，更不怕炮炸，我惧惮她什么呢！

但当我哀悼隐鼠，给它复仇的时候，一面又在渴慕着绘图的《山海经》了。这渴慕是从一个远房的叔祖惹起来的。他是一个胖胖的，和蔼的老人，爱种一点花木，如珠兰、茉莉之类，还有极其少见的，据说从北边带回去的马缨花。他的太太却正相反，什么也莫名其妙，曾将晒衣服的竹竿搁在珠兰的枝条上，枝折了，还要愤愤地咒骂道：“死尸！”这老人是个寂寞者，因为无人可谈，就很爱和孩子们往来，有时简直称我们为“小友”。在我们聚族而居的宅子里，只有他书多，而且特别。制艺和试帖诗，自然也是有的；但我却只在他的书斋里，看见过陆玑的《毛诗草木鸟兽虫鱼疏》，还有许多名目很生的书籍。我那时最爱看的是《花镜》，上面有许多图。他说给我听，曾经有过一部绘图的《山海经》，画着人面的兽，九头的蛇，三脚的鸟，生着翅膀的人，没有头而以两乳当作眼睛的怪物……可惜现在不知道放在那里了。

很愿意看看这样的图画，但不好意思力逼他去寻找，他是很疏懒的。问别人呢，谁也不肯真实地回答我。压岁钱还有几百文，买罢，又没有好机会。有书买的大街离我家远得很，我一年中只能在正月间去玩一趟，那时候，两家书店都紧紧地关着门。

玩的时候倒是没有什么的，但一坐下，我就记得绘图的《山海经》。

大概是太过于念念不忘了，连阿长也来问《山海经》是怎么一回事。这是我向来没有和她说过的，我知道她并非学者，说了也无益；但既然来问，也就都对她说了。

过了十多天，或者一个月罢，我还记得，是她告假回家以后的四五天，她穿着新的蓝布衫回来了，一见面，就将一包书递给我，高兴地说道："哥儿，有画儿的'三哼经'，我给你买来了！"

我似乎遇着了一个霹雳，全体都震悚起来；赶紧去接过来，打开纸包，是四本小小的书，略略一翻，人面的兽，九头的蛇……果然都在内。

又使我发生新的敬意了，别人不肯做，或不能做的事，她却能够做成功。她确有伟大的神力。谋害隐鼠的怨恨，从此完全消灭了。

这四本书，乃是我最初得到，最为心爱的宝书。

书的模样，到现在还在眼前。可是从还在眼前的模样来说，却是一部刻印都十分粗拙的本子。纸张很黄；图像也很坏，甚至于几乎全用直线凑合，连动物的眼睛也都是长方形的。但那是我最为心爱的宝书，看起来，确是人面的兽；九头的蛇；一脚的牛；袋子似的帝江；没有头而"以乳为目，以脐为口"，还要"执干戚而舞"的刑天。

此后我就更其搜集绘图的书，于是有了石印的《尔雅音图》和《毛诗品物图考》，又有了《点石斋丛画》和《诗画舫》。《山海经》也另买了一部石印的，每卷都有图赞，绿色的画，字是红的，比那木刻的精致得多了。这一部直到前年还在，是缩印的郝懿行疏。木刻的却已经记不清是什么时候失掉了。

我的保姆，长妈妈即阿长，辞了这人世，大概也有了三十年了罢。我终于不知道她的姓名，她的经历；仅知道有一个过继的儿子，她大约是青年守寡的孤孀。

仁厚黑暗的地母呵，愿在你怀里永安她的魂灵！

文／郁达夫

远一程，再远一程

因为长兄已去日本留学，二兄入了杭州的陆军小学堂，年假是不放的，祖母母亲，又都是女流之故，所以陪我到杭州去考中学的人选，就落到了一位亲戚的老秀才的头上。这一位老秀才的迂腐迷信，实在要令人吃惊，同时也可以令人起敬。他于早餐吃了之后，带着我先上祖宗堂前头去点了香烛，行了跪拜，然后再向我祖母母亲，作了三个长揖，虽在白天，也点起了一盏仁寿堂郁的灯笼，临行之际，还回到祖宗堂面前去拔起了三株柄香和灯笼一道捏在手里。祖母为忧虑着我这一个最小的孙子，也将离乡别井，远去杭州之故，三日前就愁眉不展，不大吃饭不大说话了；母亲送我们到了门口，“一路要……顺风……顺风！……”地说了半句未完的话，就跑回到了屋里去躲藏，因为出远门是要吉利的，眼泪决不可以教远行的人看见。

船开了，故乡的城市山川，高低摇晃着渐渐儿退向了后面；本来是满怀着希望，兴高采烈在船舱里坐着的我，到了县城极东面的几家人家也看不见的时候，鼻子里忽而起了一阵酸溜。正在和那老秀才谈起的作诗的话，也只好突然中止了，为遮掩着自己的脆弱起见，我就从网篮里拿出了几册《古唐诗合解》来读。但事不凑巧，信手一翻，恰正翻到了“离家日趋远，衣带日趋缓，心思不能言，肠中车轮转”的几句古歌，书本上的字迹模糊起来了，双颊上自然止不住地流下了两条冷冰冰的眼泪。歪倒了头，靠住了舱板上的一卷铺盖，我只能装作想睡的样子。但是眼睛不闭倒还好些，等眼睛一闭拢来，脑子里反而更猛烈地起了狂飙。我想起了祖母母亲，当我走后的那一种孤冷的情形；我又想起了在故乡城里当这一忽儿的大家的生活起居的样子，在一种每日习熟的周围环境之中，却少了一分“我”了，太阳总依旧在那里晒着，市街上总依旧是那么热闹的；最后，我还想起了赵家的那个女孩，想起了昨晚上和她在月光里相对的那一刻的春宵。

少年的悲哀，毕竟是易消的春雪；我躺下身体，闭上眼睛，流了许多暗泪之后，弄假成真，果然不久就呼呼地熟睡了过去。等那位老秀才摇我醒来，叫我吃饭的时候，船却早已过了渔山，就快入钱塘的境界了。几个钟头的安睡，一顿饱饭的快啖，和船篷外的山水景色的变换，把我满抱的离愁，洗涤得干干净净；在孕实的风帆下引领远望着杭州的高山，和老秀才谈谈将来的日子，我心里又鼓起了一腔勇进的热意：“杭州在望了，以后就是不可限量的远大的前程！”

当时的中学堂的入学考试，比到现在，着实还要容易；我考的杭府中学，还算是杭州三个中学——其他的两个，是宗文和安定——之中，最难考的一个，但一篇中文，两三句英文的翻译，以及四题数学，只教有两小时的工夫，就可以缴卷了事的。等待发榜之前的几日闲暇，自然落得去游游山玩玩水，杭州自古是佳丽的名区，而西湖又是可以比得西子的销魂之窟。

三十年来，杭州的景物，也大变了；现在回想起来，觉得旧日的杭州，实在比现在，还要可爱得多。

那时候，自钱塘门里起，一直到涌金门内止，城西的一角，是另有一道雉墙围着的，为满人留守绿营兵驻防的地方，叫作旗营；平常是不大有人进去，大约门禁总也是很森严的无疑，因为将军以下，千总把总以上，参将、都司、游击、守备之类的将官，都住在里头。游湖的人，只有换了轿子，出钱塘门，或到涌金门外去船的两条路；所以涌金门外临湖的颐园三雅园的几家茶馆，生意兴隆，座客常常挤满。而三雅园的陈设，实在也精雅绝伦，四时有鲜花的摆设，墙上门上，各有咏西湖的诗词屏幅联语等贴的贴挂的挂在那里。并且还有小吃，像煮空的豆腐干，白莲藕粉等，又是价廉物美的消闲食品。其次为游人所必到的，是城隍山了。四景园的生意，有时候比三雅园还要热闹，“城隍山上去吃酥油饼”这一句俗话，当时是无人不晓得的一句隐语，是说乡下人上大菜馆要做洋盘的意思。而酥油饼的价钱的贵，味道的好，和吃不饱的几种特性，也是尽人皆如的事实。

我从乡下初到杭州，而又同大观园里的香菱似地刚在私私地学做诗词，一见了这一区假山盆景似的湖山，自然快活极了；日日和那位老秀才及第二位哥哥喝喝茶，爬爬山，等到榜发之后，要缴学膳费进去的时候，带来的几个读书资本，却早已消费了许多，有点不足了。在人地生疏的杭州，借是当然借不到的；二哥哥的陆军小学里每月只有二元也不知三元钱的津贴，自己做零用，还很勉强，更哪里有余钱来为我弥补？

在旅馆里唉声叹气，自怨自艾，正想废学回家，另寻出路的时候，恰巧和我同班毕业的三位同学，随从富阳到杭州来了；他们是因为杭府中学难考，并且费用也贵，预备一道上学膳费比较便宜的嘉兴去进府中的。大家会聚拢来一谈一算，觉着我手头所有的钱，在杭州果然不够读半年书，但若上嘉兴去，则连来回的车费也算在内，足可以维持半年而有余。穷极计生，胆子也放大了，当日我就决定和他们一道上嘉兴去读书。

第二天早晨，别了哥哥，别了那位老秀才，和同学们一起四个，便上了火车，向东的上离家更远的嘉兴府去。在把杭州已经当作极边看了的当时，到了言语风习完全不同的嘉兴府后，怀乡之念，自然是更加的迫切。半年之中，当寝室的油灯灭了，或夜膳刚毕，操场上暗沉沉没有旁的同学在的地方，我一个人真不知流尽了多少的思家的热泪。

忧能伤人，但忧亦能启智；在孤独的悲哀里沉浸了半年，暑假中重回到故乡的时候，大家都说我长成得像一个大人了。（节选）

文／金克木

一点经历

我 1930 年来北平（北京），无家无业在这古都漂泊；只有过一次短期就业，那便是在北京大学图书馆当职员，和一位同事对坐在出纳台后，管借书还书。那不到一年的时间却是我学得最多的一段。书库中的书和来借书的人，以及馆中工作的各位同事都成为我的老师。经过我手的索书条我即注意，还书时只要来得及，我总要抽空翻阅一下没见过的书，想知道我能不能看得懂。那时学生少，借书的人不多；许多书只准馆内阅览，多半借到阅览室去看，办借出手续的人很少。高潮一过，我常到中文和西文书库中去瞭望并翻阅架上的五花八门的书籍，还向书库内的同事请教。当时是新建的楼，在沙滩红楼后面。书库有四层。下层是西文书，近便，去得多些。中间两层是中文书，也常去。最上一层是善本，等闲不敢去，去时总要向那里的老先生讲几句话，才敢翩书并请他指点一二。当时理科书另在一处，不少系自有图书室，这里大多是文科、法科的书，来借书的也是文科和法科的居多。他们借的书我大致都还能看看。这样，借书条成为索引，借书人和书库中人成为导师，我便白天在借书台和书库之间生活，晚上再仔细读读借回去的书。

借书的老主顾多是些四年级的写毕业论文的。他们借书有方向性。还有低年级的，他们借的往往是教师指定或介绍的参考书。其他临时客户看来纷乱，也有条理可寻。渐渐，他们指引我门路，我也熟悉了他们，知道了“畅销”和“滞销”的书，一时的风气，查找论文资料的途径，以至于有些人的癖好。有的人和我互相认识了。更多的是我认识他，他不认识我。这些读书导师对我的影响很大。若不是有人借过像《艺海珠尘》（丛书）、《海昌二妙集》（围棋谱）这类的书，我未必会去翻看。外文书也是同样。有一位来借关于绘制地图的德文书。我向他请教，才知道了画地图有种种投影法，经纬度弧线怎样画出来。他还介绍给我几本外文的入门书。可是我只当作常识，没有学习，辜负了他的好意。又有一次，来了一位数学系的学生，借关于历法的外文书。他在等书时见我好像对那些书有兴趣，便告诉我，他听历史系一位教授讲“历学”课，想自己找几本书看。他还开了几部不需要很深数学知识也能看懂内容的中文和外文书名给我。他这样热心，使我很感激。

教授们很少亲自来借书。有一次进来一位神气有点落拓的穿旧长袍的老先生。他夹着布包，手拿一张纸向借书台上一放，一言不发。我接过一看，是些古书名，后面写着为校注某书需要，请某馆长准予借出，署名是一位鼎鼎大名的教授。我连忙请他稍候，不把书单交给平时取书的人，自己快步跑上四楼书库。库内老先生一看就皱眉，说，他不在北大教书，借的全是善本、珍本，有的还是指定抽借一册，而且借去一定不还。这怎么办？后来才想出一个主意。我去对他恭恭敬敬地说，这些书我们无权出借。现在某馆长已换了某主任，请他到办公室去找主任批下来才好出借。他一听馆长换了新人，略微愣了一下，面无表情，仍旧一言不发，拿起书单，转身扬长而去。我望到他的背影出门，连忙抓张废纸，把进出书库时硬记下来的书名默写出来。以后有了空隙，便照单去找善本书库中人一一查看。我很想知道，这些书中有什么奥妙值得他远道来借，这些互不相干的书之间有什么关系，对他正在校注的那部古书有什么用处。经过亲见原书，又得到书库中人指点，我增加了一点对古书和版本的常识。我真感谢这位我久仰大名的教授。他不远几十里从城外来给我用一张书单上了一次无言之课。当然他对我这个土头土脑的毛孩子不屑一顾，而且不会想到有人偷他的学问。（节选）

文／林海音

窃读记

转过街角，看见三阳春的冲天招牌，闻见炒菜的香味，听见锅勺敲打的声音，我松了一口气，放慢了脚步。下课从学校急急赶到这里，身上已经汗涔涔的，总算到达目的地——目的地可不是三阳春，而是紧邻它的一家书店。

我趁着漫步给脑子一个思索的机会："昨天读到什么地方了？那女孩不知以后嫁给谁？那本书放在哪里？左角第三排，不错……"走到书店的门口，便可以看见书店里仍像往日一样地挤满了顾客，我可以安心了。但是我又担忧那本书会不会卖光了，因为一连几天都看见有人买，昨天好像只剩下一两本了。

我跨进书店门，暗喜没人注意。我踮起脚尖，使矮小的身体挨蹭过别的顾客和书柜的夹缝，从大人的腋下钻过去。哟，把短发弄乱了，没关系，我到底挤到里边来了。在一片花绿封面的排列队里，我的眼睛过于急切地寻找，反而看不到那本书的所在。从头来，再数一遍，啊！它在这里，原来不是在昨天那位置上。

我庆幸它居然没有被卖出去，仍四平八稳地躺在书架上，专候我的光临。我多么高兴，又多么渴望地伸手去拿，但和我的手同时抵达的，还有一只巨掌，五个手指大大地分开来，压住了整本书：“你到底买不买？”

声音不算小，惊动了其他顾客，全部回过头来，面向着我。我像一个被捉到的小偷，羞愧而尴尬，涨红了脸。我抬起头，难堪地望着他——那书店的老板，他威风凛凛地俯视着我。店是他的，他有全部的理由用这种声气对待我。我用几乎要哭出来的声音，悲愤地反抗了一句：“看看都不行吗？”其实我的声音是多么软弱无力！

在众目睽睽下，我几乎是狼狈地跨出了店门，脚跟后面紧跟着的是老板的冷笑：“不是一回了！”不是一回了？那口气对我还算是宽容的，仿佛我是一个不可以再原谅的惯贼。但我是偷窃了什么吗？我不过是一个无力购买而又渴望读到那本书的穷学生！

在这次屈辱之后，我的心灵确实受了创伤，我的因贫苦而引起的自卑感再次地发作，而且产生了对人类的仇恨。

我不再去书店，许多次我经过文化街都狠心咬牙地走过去。但一次，两次，我下意识地走向那熟悉的街，终于有一天，求知的欲望迫使我再度停下来，我仍愿一试，因为一本新书的出版广告，我从报上知道好多天了。

我再施惯技，又把自己藏在书店的一角。当我翻开第一页时，心中不禁轻轻呼道：“啊！终于和你相见！”这是一本畅销的书，那么厚厚的一册，拿在手里，看在眼里，多够分量！受了前次的教训，我更小心地不敢贪婪，多去几家书店更妥当些，免得再遭遇到前次的难堪。

每次从书店出来，我都像喝醉了酒似的，脑子被书中的人物所扰，踉踉跄跄，走路失去控制的能力。“明天早些来，可以全部看完了。”我告诉自己。想到明天仍可能占有书店的一角时，被快乐激动的忘形之躯，便险些撞到树干上去。

可是第二天走过几家书店都没看见那本书，像在手中正看得起劲的书被人抢去一样，我暗暗焦急，并且诅咒地想：皆因没有钱，我不能占有读书的全部快乐，世上有钱的人那么多，他们把书买光了。

我惨淡无神地提着书包，抱着绝望的心情走进最末一家书店。昨天在这里看书时，已经剩下最后一册，可不是，看见书架上那本书的位置换了另外的书，心整个沉了下去。

正在这时，一个耳朵架着铅笔的店员走过来了，看那样子是来招呼我（我多么怕受人招待），我慌忙把眼光送上了书架，装作没看见。但是一本书触着我的胳膊，轻轻地送到我的面前："请看吧，我多留了一天没有卖。"

啊，我接过书羞得不知应当如何对他表示我的感激，他却若无其事地走开了。被冲动的情感，使我的眼光久久不能集中在书本上。

当书店的日光灯忽地亮了起来，我才觉出站在这里读了两个钟点了。我合上了最后一页——咽了一口唾沫，好像所有的智慧都被我吞食下去了。然后抬头找寻那耳朵上架着铅笔的人，好交还他这本书。在远远的柜台旁，他向我轻轻地点点头，表示他已经知道我看完了，我默默地把书放回书架上。

我低着头走出去，黑色多皱的布裙被风吹开来，像一把支不开的破伞，可是我浑身都松快了。忽然想起有一次国文先生鼓励我们用功的话：

"记住，你是吃饭长大，也是读书长大的！"

但是今天我发现这句话不够用，它应当这么说：

"记住，你是吃饭长大，读书长大，也是在爱里长大的！"

文 / 梁实秋

时间即生命

最令人触目惊心的一件事，是看着钟表上的秒针一下一下地移动，每移动一下就是表示我们的寿命已经缩短了一部分。再看看墙上挂着的可以一张张撕下的日历，每天撕下一张就是表示我们的寿命又缩短了一天。因为时间即生命。没有人不爱惜他的生命，但很少人珍视他的时间。如果想在有生之年做一点什么事，学一点什么学问，充实自己，帮助别人，使生命成为有意义，不虚此生，那么就不可浪费光阴。这道理人人都懂，可是很少人真能积极不懈的善于利用他的时间。

我自己就是浪费了很多时间的一个人。我不打麻将，我不经常的听戏看电影，几年中难得一次，我不长时间看电视，通常只看半个小时，我也不串门子闲聊天。有人问我："那么你大部分时间都做了些什么呢？"我痛自反省，我发现，除了职务上的必须及人情上所不能免的活动之外，我的时间大部分都浪费了。我应该集中精力，读我所未读过的书，我应该利用所有时间，写我所要写的东西，但是我没能这样做。我的好多的时间都糊里糊涂的混过去了，"少壮不努力，老大徒伤悲。"例如我翻译莎士比亚，本来计划于课余之暇每年翻译两部，二十年即可完成，但是我用了三十年，主要的原因是懒。翻译之所以完成，主要的是因为活得相当长久，十分惊险。翻译完成之后，虽然仍有工作计划，但体力渐衰，有力不从心之感。假使年轻的时候鞭策自己，如今当有较好或较多的表现。然而悔之晚矣。

再例如，作为一个中国人，经书不可不读。我年过三十才知道读书自修的重要。我披阅，我圈点，但是恒心不足，时作时辍。五十以学易，可以无大过矣，我如今年过八十，还没有接触过易经，说来惭愧。史书也很重要。我出国留学的时候，我父亲买了一套同文石印的前四史，塞满了我的行箧的一半空间，我在外国混了几年之后又把前四史原封带回来了。直到四十年后才鼓起勇气读了“通鉴”一遍。现在我要读的书太多，深感时间有限。

无论做什么事，健康的身体是基本条件。我在学校读书的时候，有所谓“强迫运动”，我踢破过几双球鞋，打断过几只球拍。因此侥幸维持下来最低限度的体力。老来打过几年太极拳，目前则以散步活动筋骨而已。寄语年轻朋友，千万要持之以恒地从事运动，这不是嬉戏，不是浪费时间。健康的身体是做人做事的真正的本钱。

文／朱湘

书

拿起本书来，先不必研究它的内容，只是它的外形，就已经很够我们的赏鉴了。

那眼睛看来最舒服的黄色毛边纸，单是纸色已经在我们的心目中引起一种幻觉，令我们以为这书是一个逃免了时间之摧残的遗民。他所以能幸免而来与我们相见的这段历史的本身，就已经是一本书，值得我们的思索、感叹，更不须提起它的内含的真或美了。

还有那一个个正方的形状，美丽的单字，每个字的构成，都是一首诗；每个字的沿革，都是一部历史。飙是三条狗的风：在秋高草枯的旷野上，天上是一片青，地上是一片赭，猎犬风一般快地驰过，嗅着受伤之兽在草中滴下的血腥，顺了方向追去，听到枯草飒索的响，有如秋风卷过去一般。昏是婚的古字：在太阳下了山，对面不见人的时候，有一群人骑着马，擎着红光闪闪的火把，悄悄向一个人家走近。等着到了竹篱柴门之旁的时候，在狗吠声中，趁着门还未闭，一声喊齐拥而入，让新郎从打麦场上挟起惊呼的新娘打马而回。同来的人则抵挡着新娘的父兄，作个不打不成交的亲家。

印书的字体有许多种：宋体挺秀有如柳字，麻沙体夭娇有如欧字，书法体娟秀有如褚字，楷体端方有如颜字。楷体是最常见的了。这里面又分出许多不同的种类来：一种是通行的正方体；还有一种是窄长的楷体，棱角最显；一种是扁短的楷体，浑厚颇有古风。还有写的书：或全体楷体，或半楷体，它们不单看来有一种密切的感觉，并且有时有古代的写本，很足以考证今本的印误，以及文字的假借。

如果在你面前的是一本旧书，则开章第一篇你便将看见许多朱色的印章，有的是雅号，有的是姓名。在这些姓名别号之中，你说不定可以发现古代的收藏家或是名倾一世的文人，那时候你便可以让幻想驰骋于这朱红的方场之中，构成许多缥缈的空中楼阁来。还有那些朱圈，有的圈得豪放，有的圈得森严，你可以就它们的姿态，以及它们的位置，悬想出读这本书的人是一个少年，还是老人；是一个放荡不羁的才子，还是老成持重的儒者。你也能借此揣摩出这主人公的命运：他的书何以流散到了人间？是子孙不肖，将他舍弃了？是遭兵逃反，被一班庸奴偷窃出了他的藏书楼？还是运气不好，家道中衰，自己将它售卖了，来填偿债务，或是支持家庭？书的旧主人是这样。我呢？我这书的今主人呢？他当时对着雕花的端砚，拿起新发的朱笔，在清淡的炉香气息中，圈点这本他心爱的书，那时候，他是绝想不到这本书的未来命运。他自己的未来命运，是个怎样结局的；正如这现在读着这本书的我，不能知道我未来的命运将要如何一般。

更进一层，让我们来想象那作书人的命运：他的悲哀，他的失望，无一不自然地流露在这本书的字里行间。让我们读的时候，时而跟着他啼，时而为他扼腕太息。要是，不幸上再加上不幸，遇到秦始皇或是董卓，将他一生心血呕成的文章，一把火烧为乌有；或是像《红楼梦》《水浒》一般命运，被浅见者标作禁书，那更是多么可惜的事情呵！

只说书这件东西，它是再与世无争也没有的了，也都要受这种厄运的摧残。至于白鹤一般兀傲的文士，他们的遭忌更是不言可喻了。试想含意未伸的文人，他们在不得意时，有的采樵，有的放牛，不仅无异于庸人，并且备受家人或主子的轻蔑与凌辱，然而他们天生得性格倔强，世俗越对他白眼，他却越有精神。他们有的把柴挑在背后，拿书在手里读；有的骑在牛背上，将书挂在牛角上读；有的在蚊声如雷的夏夜，囊了萤照着书读；有的在寒风冻指的冬夜，拿了书映着雪读。然而时光是不等人的，等到他们学问已成的时候，眼光是早已花了，头发是早已白了，只是在他们的头额上新添加了一些深而长的皱纹。

咳！不如趁着眼睛还清朗，鬓发尚未成霜，多读一读“人生”这本书罢！

文／郭光明

复读高中后的一场“风波”

不知是因为秋雨的连绵，还是因为神经的紊乱，最近几天老是心神不定，坐立不安，感觉有什么心事没有了却，有什么事情没有做完，无意中翻看桌子上的台历，发现又一个教师节即将来临。而又一个教师节的来临，条件反射般地想起了高中的复读，想起了复读高中后的一场“风波”。

16 岁那年我高中毕业。高中毕业的那年参加高考名落孙山，之后的日子是脸朝着黄土背朝着天，耕耘在广阔天地，行走在地头田间。但是，脸朝黄土的耕耘是苦涩的，脊背朝天的行走是艰辛的，父母不让我过这田园式的生活。于是，在又一个春天来临的时候，我又背上书包。

重新背上书包的那年，我已经 18 岁半。

18 岁半的年龄如果放到今天，也许正在上高三，或者刚刚迈进大学的门槛，但在那个小学五年、初中两年、高中也是两年的年代，已经大学毕了业或者工作已经两年，而我还要背上书包，重返校园。

走进校园那天，学校已经开学了好多天。当我背着亲戚给我的一个电工专用包走进校园的时候，校门口的那位可以称得上爷爷的传达员，老眼昏花地以为我是维修的电工，指着学校的东南角，告诉我“配电室在三排平房的后面”，我装模作样地伸出五个手指梳了梳“大背头”，又理了理“大鬓角”，模仿着印度电影《流浪者》中的拉兹，煞有介事地告诉他：我是供电局的，是来检查工作的。唬得那位“爷爷”一愣一愣的。

我背着电工专用包找到了校长，四十多岁的校长见这身打扮着实皱了皱眉头，一句话没有说就把带我带到了他办公室旁边的一间办公室。办公室的墙上挂着课程总表，课程总表下坐着一个看上去有五十多岁的人，校长喊他“主任”，我猜想可能是学校的教导主任。校长看了我一眼，悄悄和他说了几句话，他诧异地张了张嘴，摇了摇头，皱着眉头从里屋搬出一摞还散发着墨香的课本书。我油腔滑调地说了一句“谢谢老师”，也不管他再皱眉头，如获至宝般把课本一一塞进了电工专用包。

不知是因为我插班，还是因为我年龄 18 岁半，主任把我安排在了教室靠近窗户的最后排，又不放心地看了我一眼后转身离去。我坐在明亮的教室里，和小我两三岁的同学打着招呼，突然想起了“鹤立鸡群”这个成语，却又感觉不是十分的妥当，因为像我这样的复读生，根本就不是“鹤”，喜欢玩儿文字排列组合的我，把字的顺序做了番颠倒，告诉大家我是“鸡立鹤群”。

我虽然又重返了校园，但不像其他同学那样循规蹈矩，在社会上闯荡两年所染就的野性，就像春天的野草，在冬日的寂寥之后，天气变暖之时，用不了几天就冒了“尖”。说是“冒尖”，倒不如说是闯下了“祸端”。

插入新班级的当天，就听同学说教我们语文的那个老师说话有些“口迟”，听他的课特别的费劲。当时我还十万分的不信，当我的那位说话有些“口迟”的语文老师，把“荷塘月色”断句成了“荷、荷、荷塘月色”，着实让我领教了什么叫“结巴”。

我耐着性子听了几节“结巴”课后，实在按捺不住内心的野性了，把课本一合，拿来同桌文具盒里的小镜子，趁老师写板书的时候，对着镜子一会儿修理我的“大背头”，一会儿梳理我的“大鬓角”，把玩儿之中无意发现镜子可以把阳光反射到黑板上。于是，我充分利用起窗外射来的那一束阳光，在老师写板书的时候，用镜子把窗外的阳光反射到他的背上，在他的背上留下了斑斑驳驳的“光明”，还根据老师板书时间的长短，一会照照他的头，一会儿照照他的脚……总之，老师的每一次写板书都会引来同学们的一阵哄笑，而一阵阵的哄笑让老师莫名其妙，摸不着头脑。最后，老师气得摔掉了课本，气势汹汹地拉开房门，夺路而“逃”。

不知这位夺路而“逃”的老师给谁打了一个电话，还没等下课，校长就领着那位主任，还有我的班主任“闯”进了教室，吓得同学们小声不敢说，大气不敢喘。班主任问是谁带头“气”走了老师，我的那些师弟师妹一个个摇着头连说不知道，气愤至极的班主任说：“如果都不知道，那中午就别回家吃饭了，什么时间弄清楚，什么时间放学。”

我是那种敢作敢为的人，便不顾同桌偷偷拉住我的衣角，“嚯”的一声站起来，大大咧咧地说：“好汉做事好汉当，这事是我干的。”当时我想，这事也不能全怪我。假如怪我不尊重老师，要开除就开除，大不了再回“广阔天地”去“大有作为”。在我承认之后，还没等老师们反应过来，不知是谁在课桌下偷偷地鼓了一下掌，紧张的教室里瞬时响起了一片掌声。校长喝止住同学们的掌声，“命令”我去办公室。我收拾起桌子的课本，背起我那电工专用包，走在前面。校长和主任一个在左，一个在右，班主任跟随其后，像“押”送犯罪嫌疑人一般，我被“押”到教导处。

办公室里，校长正襟危坐，若有所思，教导主任神态专注，不露神色，问清事情的来龙去脉以后，班主任狠狠地把我训了一顿，训完之后，主任和校长交换了一下眼神，然后和颜悦色地让我回去等候处理。不过，这个“等候”让我等了二十年，等了二十年到今天我也没有接到“处理”的“意见”。

但是，这场由我而引发的“风波”过去没有几天，课外活动时间，老师天天开会。之后，后勤处的人员突然增多了人手，放学时的门口，我看到了教语文的那位老师。

— 第四辑 —

愿我们淡定从容，内心柔软且有力量

优雅的人生，是一颗平静的心，一个平和的心态，一种平淡的活法滋养出来的从容和恬淡。

文／马国福

孤独是灵魂的舞蹈

一

世界上最美丽的花往往开在无人知晓不引人注目的地方，最险峻的山岭往往坐落在最荒芜的莽原，最清澈的泉水往往流淌在最深邃的密林中，最简洁的真理也往往掌握在最孤独的人手里。

二

尼采说他孤独得只剩下时间，他的极端孤独给了他《查拉图斯特拉如是说》。梵·高是贫困而又孤独的，他的孤独燃烧成不朽的传世之作《向日葵》。

“前不见古人，后不见来者，念天地之悠悠，独怆然而涕下。”在幽州台黯然伤神的陈子昂的孤独凝结成一串泪水，用来漂白无法施展的抱负。楚剑兰心，“路漫漫其修远兮，吾将上下而求索”。屈子的孤独荡漾成东流不复回的滔滔江水，负载壮志难酬的悲愤。在岳阳楼把酒临风、“先天下之忧而忧，后天下之乐而乐”的范仲淹仰天长叹：“微斯人，吾谁与归？”他的孤独在洞庭湖面闪着粼粼寒光。“躲进小楼成一统，管它春夏与秋冬”，大隐隐于市，横眉冷对千夫指的鲁迅先生把孤独凝固成一把铮铮匕首，直刺黑暗社会的心脏。

那些高贵的灵魂往往是最孤独的，就像一团火，他们在漫漫长夜中燃烧，熊熊火光照亮了整个宇宙。在高贵的灵魂中，孤独是一团永不熄灭的火，给世界以温暖和力量。

三

孤独有时就像一口幽幽古井，总是能折射出一个人潜藏的能量。想象明月当空，清风徐来，那口古井睁着深邃的眼睛，看着天际云卷云舒，庭前花开花落。这时候一颗流星突然燃烧着划过天空，无怨无憾。当一个人思考时，孤独算不算一种智慧和精神的释放过程？

四

一个人高朋满座并不代表他不孤独。在这个物欲急剧膨胀的时代，有多少人能耐得孤独寂寞？孤独已成为一种道具，就像一件华丽的衣服，有人穿它招摇过市，谋取他所想要的东西。泛滥的孤独污染了原本可以真实的心灵，连商品也有假冒伪劣之分，何况孤独呢？孤独有层次，更有境界。昨夜西风凋碧树，独上高楼，望断天涯路。林中有许多小路，唯独选择了人迹罕至的那条。

五

吹尽黄沙始到金。真正的孤独就像被沙子和灰尘掩埋的金子，很少人能够读透它；而虚伪矫揉造作的孤独就像掩埋金子的黄沙，风一吹就朦胧，风一扬就什么也看不见了。蚌病成珠。我相信孤独的心灵肯定包裹着一颗珍珠。那珍珠就是他坚硬而又柔软的追求。没有人知道它被海浪吞没过多少次，被沙砾磨炼过多少回。

六

如果说孤独有颜色，我情愿选择以黑色作为底色。如同不起眼的煤，暗红色的心脏跳动的是热情奔放的音符。我多么希望我生命的调色板是一块煤球，最冷最黑的时候就越接近春天和黎明。

七

孤独有味道吗？我常常沉浸在这种无边的遐想之中，近乎孩童的天真。这时候孤独最好是一壶酒，藏的时间越长就越醇。当我一个人与明月对饮成三人时，突然有人敲门，我开门让座，举杯敬客，客人饮罢问我："这是什么酒，怎么像自来水？"原来孤独需要一个人慢慢品味，斟酌。

孤独是灵魂的舞蹈。清风明月一壶酒，壶中乾坤大，酒尽日月长。

文／马德

平和

人活得平和，才能活出生命真正的滋味来。

平和的人，放得下，看得开，想得明白，过得洒脱。一个人，若思想通透了，行事就会通达，内心就会通泰。世俗的名与利，他们不是不要了，而是无论得到得不到，得到的多还是得到的少，都不再计较了。

有欲而不执着于欲，有求而不拘泥于求。一个人，活得越平和，就会放下得越多。人平和之后，在生命外在状态上的具体体现是，笃定，泰然，从容，六根清净，万事不扰。内在的层面上，在生活中疲惫的精神开始一点一点收合，在世俗中挣扎的灵魂开始一点一点归拢，并慢慢地悦纳一处，把盏言欢。

也就是说，只有平和下来，生命才真正找到了回家的路。而一段静美幸福的光阴，不过就是被一颗平和的心所滋养的平淡日子。

我不相信，在欲望的泥淖中挣扎的人会平和下来。贪婪，撕咬着他们，折磨着他们，潮欲平，而暗流涌动，树欲静，而惑风不止。明争，暗夺，阴谋，阳谋，哭一阵，笑一阵，人一回，鬼一回，这样的人是没法平和下来的。所以，平和，首先是内心的平静。

也就是在这平静中，平和的人，从浮躁走向宁谧。其实，整个世界变得宁谧了，也不过是无数颗躁动的心平静了下来。

人，平和下来是美的。蹙眉舒展了，苦脸开花了，腰身挺直了，神色朗润了，气质和悦了。人的美若是从内里渗透出来，就会强大，就会恒久地散发出迷人的魅力。一个真正能平和下来的人，外部的物质世界已经诱惑不了他，挑唆不了他，左右不了他。再急迫的事，也会举重若轻地处理好；再撩人的事，也会云淡风轻地放过去；再痛苦的事，也能轻拢慢捻地跳脱出来。

我认为，至深的平和，一定经过命运浮沉的洗礼，一定经过生离死别的考验，一定经过爱与恨的煎熬。一切都经过了，一切都走过了，一切都熬过了，生命的底色里，增了韧，淬了刚，添了柔。这时候平和下来的生命，已经沉静到扰不乱，已经稳健到动不摇，已经淡定到八风打不动。

平和，实际上是让一个人的内心，从狭小走向辽阔，从狂乱走向沉静，从复杂走向简单。能容，能忍，能让，能原谅，平心静气，无欲无求，多美的生命意境啊！

一个人，活得幸福，才是王道。幸福之外的任何东西，譬如金钱，譬如权势，都是人生的附属品，风一吹就碎了，云一来就乱了，轻轻一说都倦了，回眸一望全散了。其实，人生的幸福也不全是得到，不全是拥有。我觉得，在平和者的心底，有一种东西，尽管淡淡的，却更容易让人产生绵延的幸福感和快乐感。那就是，他们心底里的那份踏实和安详。

其实，心底里踏实和安详，又是多少人一辈子难以抵达的人生至境。

文／李国文

淡之美

淡，是一种至美的境界。

一个年轻的女孩子，在你眼前走过，虽是惊鸿一瞥，但她那淡淡的妆，更接近于本色和自然，好像春天早晨一股清新的风，就会给人留下一种纯净的感觉。

如果浓妆艳抹的话，除了这个女孩表面上的光丽之外，就不大会产生更多的有韵味的遐想来了。

其实，浓妆加上艳抹，这四个字本身，已经多少带有一丝贬义。

淡比之浓，或许由于接近天然，似春雨，润地无声，容易被人接受。

苏东坡写西湖，有一句“欲把西湖比西子，淡妆浓抹总相宜”，其实他这首诗所赞美的，“水光潋滟晴方好，山色空蒙雨亦奇”，也是大自然的西湖。虽然苏东坡时代的西湖，并不是现在这种样子的。但真正懂得欣赏西湖的游客，对那些大红大绿的，人工雕琢的，市廛云集的，车水马龙的浓丽景色，未必多么感兴趣的。

识得西湖的人，都知道只有在那早春时节，在那细雨，碧水，微风，柳枝，桨声，船影，淡雾，山岚之中的西湖，像一幅淡淡的水墨画，展现在你眼前的西湖，才是最美的西湖。

水墨画，就是深得淡之美的一种艺术。

在中国画中，浓得化不开的工笔重彩，毫无疑义，是美。但在一张玉版宣上，寥寥数笔，便经营出一个意境，当然也是美。前者，统统呈现在你眼前，一览无余。后者，是一种省略的艺术，墨色有时淡得接近于无。可表面的无，并不等于观众眼中的无，作者心中的无，那大片大片的白，其实是给你留下的想象空间。“空山不见人，但闻人语响”，没画出来的，要比画出来的，更耐思索。

西方的油画，多浓重，每一种色彩，都唯恐不突出地表现自己；而中国的水墨画，则以淡见长，能省一笔，决不赘语，所谓“惜墨如金”者也。

一般说，浓到好处，不易；不过，淡而韵味犹存，似乎更难。

咖啡是浓的，从色泽到给中枢神经的兴奋作用，以强烈为主调。有一种土耳其款式的咖啡，煮在杯里，酽黑如漆，饮在口中，苦香无比，杯小如豆，只一口，能使饮者彻夜不眠，不觉东方之既白。茶则是淡的了，尤其新摘的龙井，就更淡了。一杯在手，嫩蕊舒展，上下浮沉，水色微碧，近乎透明，那种感官的怡悦，心胸的熨帖，腋下似有风生的惬意，也非笔墨所能形容。所以，咖啡和茶，是无法加以比较的。

但是，若我而言，宁可倾向于淡。强劲持久的兴奋，总是会产生负面效应。

人生，其实也是这个道理。浓是一种生存方式，淡，也是一种生存方式。两者因人而异，不能简单地以是或非来判断。我呢，觉得淡一点，于身心似乎更有裨益。

因此，持浓烈人生哲学者，自然是积极主义了；但执恬淡生活观者，也不能说是消极主义。奋斗者可敬，进取者可钦，所向披靡者可佩，热烈拥抱生活者可亲；但是，从容而不急趋，自如而不窘迫，审慎而不狷躁，恬淡而不凡庸，也未始不是又一种的积极。

一个人活在这个世界上，不管你是举足轻重的大人物，还是微不足道的小人物，只要有人存在于你的周围，你就会成坐标中的一个点，而这个点必然有着纵向和横向的联系。于是，这就构成了家庭、邻里、单位、社会中的各式各样繁复的感情关系。

夫妻也好，儿女也好，亲戚、朋友也好，邻居、同事也好，你把你在这个坐标系上的点，看得浓一点，你的感情负担自然也就重；看得淡一点，你也许可以洒脱些，轻松些。

譬如交朋友，好得像穿一条裤子，自然是够浓的了。“君子之交淡如水”，肯定是百分之百地淡了。不过，密如胶漆的朋友，反目成仇，又何其多呢？倒不如像水一样地淡然相处，无昵无隙，彼此更融洽些。

近莫近乎夫妇，亲莫亲于子女，其道理，也应该这样。太浓烈了，便有求全之毁，不虞之隙。

尤其落到头上，一旦要给自己画一张什么图画时，倒是宁可淡一点的好。

物质的欲望，固然是人的本能，占有和谋取，追求和获得，大概是与生俱来的。清教徒当然也无必要，但欲望膨胀到无限大，或争名于朝，争利于市，或欲壑难填，无有穷期；或不甘寂寞，生怕冷落，或欺世盗名，招摇过市。得则大欣喜，大快活，不得则大懊丧，大失落。神经像淬火一般地经受极热与极冷的考验，难免要濒临崩溃边缘，疲于奔命的劳累争斗，保不准最后落一个身心俱悴的结果，活得也实在是不轻松啊！其实，看得淡一点，可为而为之，不可为而不强为之的话，那么，得和失，成和败，就能够淡然处之，而免掉许多不必要的烦恼。

淡之美，某种程度近乎古人所说的禅，而那些禅偈中所展示的智慧，实际上是在追求这种淡之美的境界。

禅，说到底，其实，就是一个淡字。

人生在世，求淡之美，得禅趣，不亦乐乎？

文 / 朱光潜

谈立志

一个人不是生下来就烦闷或消沉的，因为人都有生气，而生气需要发扬，需要活动。有生气而不能发扬，或是活动遇到阻碍，才会烦闷或消沉。烦闷是感觉到困难，消沉是无力征服困难而自甘失败。这两种心理病态都是挫折以后的反应。一个人如果经得起挫折，就不会起这种心理变态。所谓经不起挫折，就是没有决心和勇气，就是意志薄弱。意志薄弱经不起挫折的人往往有一套自宽自解的话，就是把所有的过错都推诿到环境。明明是自己无能，而埋怨环境不允许我显本领；明明是自己甘心做坏人，而埋怨环境不允许我做好人。这其实是懦夫的心理，对于自己不肯负责任。环境永远不会美满的，万一它生来就美满，人的成就也就无甚价值。人之所以可贵，就在他不像猪豚，被饲而肥，他能够不安于污染的环境，拿力量来改变它，征服它。

普通人的毛病在责人太严责己太宽。埋怨环境还由于缺乏自省自责的习惯。自己的责任必须自己担当起，成功是我的成功，失败也是我的失败。每个人是他自己的造化，环境不足畏，犹如命运不足信。我们的民族需要自力更生。我们每个人也是如此。我们的青年必须先有这种觉悟，个人和国家民族的前途才有希望。能责备自己，信赖自己，然后自己才能打出一个江山来。

我们有一句老话叫“有志者事竟成”。这话说得很好，古今中外在任何方面经过艰苦奋斗的英雄豪杰都可以做例证。志之成就是理想的实现。人为的事实都必基于理想，没有理想决不能成为人为的事实。譬如登山，先须存念头去登，然后一步一步地走上去，最后才会到达目的地。如果根本不起登的念头，登的事实自无从发生。这是浅例。世间许多人行尸走肉浪费了他们的生命，就因为他们对于自己应该做的事不起念头。许多以教育为事业的人根本不起念头去研究，许多以政治为事业的人根本不起念头为国民谋幸福。我们的文化落后，社会紊乱，不就由于这个极简单的原因么？这就是上文所说的“消沉”，“无志气”。“有志者事竟成”，无志者事不成。

不过，“有志者事竟成”一句话也很容易发生误解，“志”字有几种意义：一是念头或愿望，一是起一个动作时所存的目的，一是达到目的的决心。譬如登山，先起登的念头，次要一步一步地走，而这走必步步以登为目的，路也许长，障碍也许多，须抱定决心，不达目的不止，然后登的愿望才可以实现，登的目的才可以达到。“有志者事竟成”的“志”，须包含这三种意义在内：第一要起念头，其次要认清目的和达到目的之方法，第三是抱必达目的之决心。很明显的，要事之成，其难不在起念头，而在目的的认识与达到目的之决心。

有些人误解立志只是起念头。一个小孩子说他将来要做大总统，一个乞丐说他成了大阔佬要砍他的仇人的脑袋。所谓“癞蛤蟆想吃天鹅肉”，完全不思量达到这种目的所必有的方法和步骤，要不抱定循这方法步骤去达到目的之决心，这只是狂妄，不能算是立志。世间有许多人不肯学乘除加减而想将来做算学的发明家，不学军事当兵打仗而想将来做大元帅东征西讨，不切实培养学问技术而想将来做革命家改造社会，都是犯这种狂妄的毛病。

如果以起念头为立志，有志者事竟不成之例甚多。愚公尽可移山，精卫尽可填海，而世间却实有不可能的事情。我们必须承认“不可能”的真实性。所谓“不可能”，就是俗语所谓“没有办法”，没有一个方法和步骤去达到所悬想的目的。没有认清方法和步骤而达到那个目的，那只是痴想而不是立志，志就是理想，而理想的理想必定是可实现的理想。理想普遍有两种意义，一是“可望而不可攀，可幻想而不可实现的完美”，比如许多宗教都以长生不老为人生理想，它成为理想，就因为事实上没有人长生不老。理想的另一意义是“一个问题的最完美的答案”，或是“可能范围以内的最圆满的解决困难的办法”。比如长生不老虽非人力所能达到，而强健却是人力所能达到。就人的能力范围来说，强健是一个合理的理想。这两种意义的分别在一个蔑视事实条件，一个顾到事实条件，一个渺茫无稽，一个有方法步骤可循。严格地说，前一种是幻想痴想而不是理想，是理想都必顾到事实。在理想与事实起冲突时，错处不在事实而在理想。坚持一种不合理的理想而至死不变只是匹夫之勇，我们必须接受事实，理想与事实背驰时，我们应该改变理想。我特别看重这一点，因为有些道德家在盲目说坚持理想，许多人在盲目地听。

我们固然要立志，同时也要度德量力。卢梭在他的教育名著《爱弥儿》里有一段很透辟的话，大意是说人生幸福起于愿望和能力的平衡。一个人应该从幼时就学会在自己能力范围以内起愿望，想做自己所能做的事，也能做自己所想做的事。这番话出诸浪漫色彩很深的卢梭尤其值得我们回味。卢梭自己有时想入非非，因此吃过不少苦头，这番话实在是经验之谈。许多烦闷，许多失败，都起于想做自己所不能做的事，或是不能做自己想要做的事。

志气成就了许多人，志气也毁坏了许多人。既是志，实现必不在目前而在将来。许多人拿立志远大作借口，把目前应做的事延宕贻误。尤其是青年们欢喜在遥远的未来摆出一个黄金时代，把希望全寄托在那上面，终日沉醉在迷梦里，让目前宝贵的时光与机会错过，徒贻后日无穷之悔。我自己从前有机会学希腊文和意大利文时没有下手，买了许多文法读本，心想到四十岁左右时当有闲暇岁月，许我从容自在地自修这些重要的文字，现在四十过了几年了，看来这一生似不能与希腊文和意大利文有缘分了，那箱书籍也恐怕只有摆在那里霉烂了。这只是一例，我生平有许多事叫我追悔，大半都像这样“志在将来”而转眼即空空过去。“延”与“误”永是连在一起，而所谓“志”往往叫我们由“延”而“误”。所谓真正立志，不仅要接受现在的事实，尤其要抓住现在的机会。如果立志要做一件事，那件事的成功尽管在很远的将来，而那件事的发动必须就在目前一顷刻。想到应该做，马上就做，不然，就不必发下一个空头愿。发空头愿成了一个习惯，一个人就会永远在幻想中过活，成就不了任何事业，听说抽鸦片烟的人想头最多，意志力也最薄弱。老是在幻想中过活的人在精神方面颇类似烟鬼。

我在很早的一篇文章里提出我个人做人的信条，现在想起，觉得其中仍有可取之处，现在不妨趁此再提出供读者参考。我把我的信条叫作“三此主义”，就是此身、此时、此地。一、此身应该做而且能够做的事，就得由此身担当起，不推诿给旁人。二、此时应该做而且能够做的事，就得在此时做，不拖延到未来。三、此地（我的地位、我的环境）应该做而且能够做的事，就得在此地做，不推诿到想象中的另一地位去做。

这是一个极现实的主义。本分人做本分事，脚踏实地，丝毫不带一点浪漫情调。我相信如果我们能够彻底地照着做，不至于很误事。西谚说得好：“手中的一只鸟，值得林中的两只鸟。”许多“有大志”者往往为着觊觎林中的两只鸟，让手中的一只鸟安然逃脱。

文／马德

教养是一个人最好的名字

有一年，一夜秋风劲，郭德纲家的柿子树叶子落尽，红红的柿子，就像院子里升起的灯笼。很快，就有喜鹊登枝，一口一口地啄食柿子。家中小儿急了，不由分说，就去驱赶。老郭看到，急忙拦阻，道：“别这么独，让它吃！”

接着，老郭对儿子说：“人的一生很长，不差这一个柿子吃。而这只喜鹊这辈子顶多吃这么一个柿子。看它有东西吃，也是种快乐。”我觉得这实在是很好的教子素材。“别那么独，让它吃！”天下的父母，若都把这个故事借过来教育自己的子女，孩子的教养一定不会差。

前些日子坐火车，四个铺位的软卧包厢，除了我们三个人，还有一个空着。车开动不久，老人说，咱们早点儿休息吧。是啊，这几天玩累了，我们倒头便睡。车过嘉兴，上来一位女士，轻轻敲门，见包厢里黑着灯，她便借着走廊里的灯光，放妥行李，整理好床铺，然后关好门，蹑手蹑脚上了自己的上铺。直到躺下，她都没有开灯，哪怕是自己的床头灯。

而那时，也就是晚上 7 点多，列车里还播放着音乐。

一夜无话。早上列车员来换车票，通知她该下车了，她便地整理。

起初，我以为她是在收拾自己的行囊，哪料，她是在叠被子。出了无数趟门，坐了无数次车，阅了无数的人，哪里见过这个被子还需要叠的？只见她耐心地把被子舒展开，换了好几种方式，终于叠成昨晚展开之前的模样。然后，她还把两个枕头的每个角都抻平了，抻舒展了，那“唰唰”的抻枕头的声音，听着真悦耳。

她下车的那一站是山东德州。不管她是不是德州人，因为她，这个地方一下子变得亲切起来。你说，还需要知道女士姓什么叫什么吗？教养就是一个人最好的名字。

文／积雪草

人情味儿

什么是人情味儿？

如果你看电视，你会发现不知道从什么时候开始，央视寸秒寸金的黄金时段，居然多了许多公益广告。印象最深的就是《打包篇》，一家人围着餐桌吃饭，一个口齿不清的老人把盘子里的两只饺子揣进了口袋里，一边揣一边说，这是留给我儿子的，我儿子最爱吃饺子。

除了亲情的公益广告，还有环保的，动物的，关注留守儿童的，等等。说实话，好多年，我还是第一次在电视里看到这样浓浓的人情味。人情味是一种什么味儿？说到底，其实就是一种人味儿，就是人与人之间的那种暖，那种爱，那种信任。

一直喜欢小时候那种生活，你来我往，热热闹闹，邻里关系很亲密，你借我半瓶酱油，我借你两头蒜。街头熙熙攘攘，你踩了我的脚，我碰了你的腰，笑一笑就过去了。贩夫走卒、引车卖浆之流竟然热心肠地给那个谁家的闺女介绍对象，谁家有个大事小情，大伙都来帮忙，心中就没有“提防”这个概念，更没有“骗”这个字眼。

我喜欢这种热乎乎、暖烘烘的人情味。

不知道从什么时候开始，这种人情味淡了，楼越来越高，车越来越多，人人都缩在一个火柴盒一样的空间里生存。家是一个什么样的概念？就是穿越层层封锁线最后回到的那个钢筋水泥塑成的盒子里，不穿过几道门，怎么可能回到家里？首先是小区带电子锁的大门，然后是楼梯口的密码门，然后是回家的防盗门以及家里的木板门。人与人之间的关系越来越冷漠，越来越疏离。回家关上门，不是上网就是玩手机，要不就是看电视，在一起住了好几年的邻居，居然相见不相识。

处处小心谨慎，怕被人忽悠了，怕被人骗了，一不小心掉进了别人挖好的坑里。当然，你也不用灰心绝望，不管到什么时候，正能量都是生活中的主流，有人的地方就有人情味。

上街，看到一辆已开动的公交车又停了几十秒，等一个追赶公交的女孩。去街边的小餐馆吃早餐，老板会善意地提醒，小心别烫着。去早市买菜，买完提起便走，卖菜的摊主在后面喊，你的葱忘拿了，你的葱！一个常在小区里遛狗的年轻女人，每天都会带着纸巾，若是狗狗随地大小便，她会马上清理干净。

这些小事情很多很杂很不起眼，正是因为这些随手可为的不起眼的小事，温暖别人也温暖自己，这是联系人与人之间的纽带与桥梁，彰显的是浓浓的人情味。

文／梁漱溟

冷静与勇气

人类顶大的长处是智慧。但什么是智慧呢？智慧有一个要点，就是要冷静。譬如：正在计算数目，思索道理的时候，如果心里气恼，或喜乐，或悲伤，必致错误或简直不能进行。这是大家都明白的事。但是一般人对于解决社会问题，偏不明此理。他们总是为感情所蔽，而不能静心体察事理，从事理中寻出解决的办法。

我想说一个猴子的故事给大家听。在汤姆孙科学大纲上叙说一个科学家研究动物心理，养着几只猩猩、猴子做实验。以一个高的玻璃瓶，拔去木塞，放两粒花生米进去，花生米自然落到瓶底，从玻璃外面可以看见，递给猴子。猴子接过，乱摇许久，偶然摇出花生米来，才得取食。此科学家又放进花生米如前，而指教它只需将瓶子一倒转，花生米立刻出来。但是猴子总不理会他的指教，每次总是乱摇，很费力气而不能必得。此时要研究猴子何以不能领受人的指教呢？没有旁的，只为它两眼看见花生米，一心急切求食，就再无余暇来理解与学习了。要学习，必须两眼不去看花生米，而移其视线来看人的手势与瓶子的倒转才行。要移转视线，必须平下心去，不为食欲冲动所蔽才行。然而它竟不会也。

猴子智慧的贫乏，就在此等处。

人们不感觉问题，是麻痹；然为问题所刺激，辄耐不住，亦不行。要将问题放在意识深处，而游心于远，从容以察事理。

天下事必先了解它，才能控制它。情急之人何以异于猴子耶？还要注意：人的心思，每易从其要求之所指而思索办法；观察事理，亦顺着这一条线而观察。于是事理也，办法也，随着主观都有了。其实只是自欺，只是一种自圆其说。智慧的优长或贫乏，待看他真冷静与否。

没有智慧不行，没有勇气也不行。

我不敢说有智慧的人一定有勇气；但短于智慧的人，大约也没有勇气，或者其勇气亦是不足取的。怎样是有勇气？不为外面威力所摄，视任何强大势力若无物，担荷任何艰巨工作而无所怯。譬如：军阀问题，有的人激于义愤要打倒他；但同时更有许多人看成是无可奈何的局面，只有迁就他，只有随顺而利用他，自觉我们无拳无勇的人，对他有什么办法呢？此即没勇气。没勇气的人，容易看重既成的局面，往往把既成的局面看成是一不可改的。说到这里，我们不得不敬佩孙中山先生，他是一个有大勇的人。他以一个匹夫，竟然想推翻二百多年大清帝国的统治。没有疯狂似的巨胆勇气，是不能作此想的。然而没有智慧，则此想亦不能发生。他何以不为强大无比的清朝所慑服呢？他并非不知其强大；但同时他知此原非定局，而是可以变的。他何以不自看渺小？他晓得是可以增长起来的。这便是他的智慧。有此观察理解，则其勇气更大。而正唯其有勇气，心思乃益活泼敏妙。智也，勇也，都不外其生命之伟大高强处，原是一回事而非二。反之，一般人气慑，则思呆也。所以说没有勇气不行。无论什么事，你总要看他是可能的，不是不可能的。无论任何艰难巨大的工程，你总要“气吞事”，而不是被事慑着你。

文／延参法师

你好，岁月就好

冬去春就来，岁月流转，故事在更新，荣枯变幻，熙熙攘攘的人流，轮番演绎着恩怨得失的纠缠，唯有春夏秋冬的季节，朴素更沉稳地去去来来。即使卑微如野草蝼蚁，来到人间，每个生命都是经历那些困苦、折磨、风雨、黑暗、彷徨、成长。

人生是一场期待。如果经历的是风雨，那是因为正在长大；如果经历的是痛苦，那是因为你正在积淀；如果经历的是失去，那是因为更多的拥有；如果经历的是伤害，那是因为你正在向宽恕靠近。

不要埋怨世事无常变化太快，不要在世态炎凉里硬生生把生活活成一场无奈甚至是伤害，人生的力量，就在于这颗心始终向着阳光，而不在当下的炎炎凉凉。所有的困苦，所有的坎坷都是黎明前有限的黑暗，只要心始终向着光明，只要心中的期待从未放弃，许多不期而遇正在如约而至。

人生是一场信念。这世间最远的距离，就是怀疑自己的信心和能力，甚至把生活活成了一场漫不经心，妥协了事，请相信一句话，你的信念，会缩短所有的遥不可及。命运不是一场得失的计较，烦恼也不是什么颠扑不破，生活的旅途，坚强承担着一切。这世间根本就没有什么真正的烦恼和软弱，既然来了，就不哭着去走完这趟旅程，用正当的信念去维护命运的自由，学会自我疗伤，那么，你就是一支盛开在岁月里的青青莲花。

人生是一场崭新。何止新的一年是一场崭新，新的一月，新的一日，乃至新的一念，都是一场崭新。与其总把希望寄托在新的一年，不如从改变自己的当下一念开始。人生是一场崭新，新的不是时间，不是季节，不是环境，新的是自己的思想、自己的念头。新，是因为自己能从曾经的沉重、烦恼、灰暗、狭隘，走向轻松、快乐、光明、宽广，与季节无关，与岁月无关，只与当下一念相关。

人生是一场探索。“天无绝人之路”，这句几乎所有人都熟悉得不能再熟悉的话，却不是所有人都能领会其中含义。无论多难多大的问题，每一个摆到面前的问题，都一定有它的解决方法，只是，需要思考，需要探索。如果懒惰，如果急躁，如果懦弱，都只会让问题变得更大、更难、更复杂。所以，与其埋怨，与其所谓的心灰意冷，不如沉下心来，去思考，去探索解决问题的方法。

思考和探索，是一件对所有事情乃至对自己的整个人生都有重要作用的好习惯，因为本来人生中经历的所有事情，无论大小，无论顺逆，都是为了让我们更真切地去感受生活、认识生活，别把生活想得多么恶毒，它从来没有伤人意，更没有伤人心，它只有一腔婆婆心。只要你愿意，只要你努力，那些摆在面前的难题，总会找到解决的办法，如果一直没有找到，只能说是自己还不够努力，因为，在生活的种种磨砺之下，我们终会在某天看到心里那片豁然开朗的海阔天空。

人生是一场秩序。经历着世间的酸甜苦辣，是非曲直，人生却不是活一场世故练达，更不是活一场无动于衷，岁月里经过，该点头时点头，该搭手时搭手，如果错过那些善良，那么一生再也找不回心安理得。人生是一场秩序，一场顺着善良发生的程序。人生不是一个苦海，命运也许布满尘埃，让自己的心成为一面镜子，唤醒自己的善意良知或者是尊重。谁都想活得平静和幸福，听一听自己内心的声音，善良才是真实的自己，不管经历多少磨难，不改的是坦然的心情，不锁的眉头。

所有往事，乃至所有过去或悲或喜的感受，都如云烟般早已飘散，了无痕迹，而内心依然有对过去的耿耿于怀，无疑是被过去的自己绑架。内心依然为过去感伤、烦恼甚至痛苦，被自己的过去绑架，傻不傻？人生智慧的活法不是能算得清自己得到多少失去多少，而是能做到让过去所有的伤不再有痕迹。生活是一场所得，或者说是一场追寻，但更多的是遗憾和伤感。当你发现一切都很美，就必须放开手，那种刺到心底的割舍，还有那种痛到心里的歇斯底里，不过就是一场无谓的追逐。生活容易活，因为你能放得过。

不管前方命运给我们安排什么课程，在悲观中寻找生机，在浮躁中摸索冷静，柳丝千万条，昨夜风吹树，既然生命是一场敲敲打打，又何惧这秋冬春夏，大不了一场汗流浃背，也说不准风雪交加。流水悠悠东去，稳稳当当做人，珍惜每一个平凡的日子，你好，岁月就好。（节选）

文／延参法师

没人能搅你的局

曾许多少次，幽幽而问，人生的动力何在，方向何在，目标何物，还是一场空忙碌。

多年后，眼前的这一切，无言的这一切，一座清净的大殿，一座古老的佛塔，一个幽静的院落，这就是当下的世界，没有什么挑剔的，好似也没有什么去分别的缘由。

昨天仿佛还在眼前，新的春天已然开始，时间就这么异常灵巧地又一次悄无声息地从我们指尖溜走。它能改变一切、带走一切，却不能留下一切。曾经固执地认为，有些事情说不变就永远不会改变，会顺着自己设计的方向一直延续下去，而此去经年，再回首时，才发现唯一不变的事实，就是一切都在无常地变幻。

我们都是岁月的过客，尘埃落定，洗尽铅华，在来来去去的成长中，那些繁华哀伤的尘事终成过往，那些曾经陪伴我们的人也终会走向遗忘。虽然有时有些不甘心，但是岁月留给我们的只能是无奈，无须抱怨什么，世间的轮回中，每个人都有自己的业力和追求，都有自己必须走的道路，别人改变不了，更代替不了。世界原本春来花自发，秋至叶飘零，所以不要一厢情愿地去挽留什么，更不必为改变不了的事实去难过和悲伤。

人生是一场路过，不经过挫折、磨难，就不可能坚强，就不可能成熟，就不可能达到人生的高级境界，更不能体会到平淡生活中的幸福。所以，踏实地走好自己脚下的路，用一颗从容的心去看沿途的风景，这才是生活的真谛。如果感到生活中有什么聚散离合，那也只是我们自己心中对感情的执着和眷恋。

每个人的人生道路，在茫茫人海中不过就是陨落的彗星划过的一道光线，彼此碰撞，彼此磨砺，彼此包容，彼此阅读，彼此借鉴。人生短暂，不要把所有的关系都考虑得那么复杂，不如彼此都宽松一些时间，让渡一些空间，包容一些对错，善意理解别人的不同意见，因为简单的人生才能感知生命的意义和内涵。

云自无心水自闲，水有水的沉静恬淡，云有云的自在安然。本不相干，何来相连，本无相会，何来相期。岁月在心，心在当下，静静地叩拜菩萨，没有目的，只是叩拜。

心头曾经的那些问号，现在都成省略号了，岁月的磨砺里，站得高过，摔得疼过，开水烫过，言语伤过，歪脖看过，随缘活吧。

都说人生是一首歌，那是文艺的说。还说人生是一场折磨，那些紧张的气氛能怨谁呢，人生在路上，没人能搅你的局，你的坐标，就是你的豁达。

文／延参法师

似水流年平心过

欲问尘中客，浮生能几年？莫笑昙花只一现，浮生不过一瞬，转身也是破灭。最是人间留不住，寻遍天涯还是苦离别。

人生仿佛是一个又一个的驿站，只是每一个驿站既是终点，又是起点。无论是谁，都是生命里的匆匆过客，人生无非就是与此人相离，同时又与彼人相识，生命里不断变换的是离离去去的身影，人生不过是相聚和相离。所以我们无须去铭记所谓的爱，更不需铭记所谓的恨，既然相逢必有相离，谁也不会在谁的生命里长久地驻足，那还有什么爱与恨难以忘记？

穿过岁月的河流，还有什么痕迹不会被淹没？还有什么东西能够沉淀？又有多少记忆可以打包？有哪段往事不会与风为伍，渐行渐远？在坎坷曲折、波澜起伏的人生航程中，无论周围如何喧嚣，无论世间如何浮躁，我们一定要明白自己所要的幸福是什么。

幸福不是大的悲喜，它只在易感的心灵中。平平凡凡普普通通的人，生活中自然不会有惊天动地的大悲大喜。但，幸福，就如那随风摇曳的小花儿，伴随我们一路走来。只要用心体味，便能让那淡淡幽香浸润我们的心灵。

我们总是在行走时没有好好地欣赏一路的风景，却在回忆中发现原来这一路走来的风光是如此的旖旎，即使一路泥泞，也依然一路灿烂。幸福就像藏在云层后的点点星光，需要我们用心灵去触摸，去探索，去感受那稍纵即逝的温暖。当你拨开层层迷雾，看到心灵深处最深的宁静，幸福自会像花儿般悄然绽放。

幸福喜欢和灿烂的笑脸相依相伴，而拒绝那些愁眉深锁快快不乐的人。不快乐的人，看天天不湛蓝，看云云不灵动；听风风声呜咽，听雨雨声萧萧，就连那轮静美的夕阳都会化作落寞的哭泣。这样的人，就算一份天大的幸福摆在眼前，他也会挑出“悲苦”的骨头。所以，我们该时不时地打开心窗，让快乐的阳光暴晒心灵每一个角落。当我们的心灵被快乐占据，才有可能找到幸福的身影。平静如水的日子，当放开了成见和狭隘，你会发现谁的祝福都温暖，谁的问候都温馨，谁的握手都真挚，谁的微笑都充满善意。

人生不苦，心纠结才苦。浮生似水流年，何必在心里竖起一堵又一堵的墙，还有什么不平坦呢，是路，都好。走在路上，就好。

—
第
五
辑
—

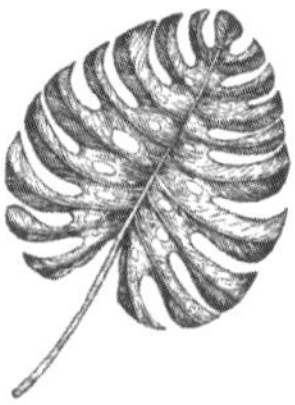

不攀附不将就，以自己喜欢的方式过一生

行走红尘，别在欲望中迷失了方向，要让那些够得着的幸福安全抵达。自觉修行的生命，会在每一刻都说出得体的话，在熨帖中开出最美的花。

文／鲁先圣

人生有诗和远方

一家电台请我去做他们的一个心理热线嘉宾，短短两个小时，接了几十个电话，有毕业之后难以就业的烦恼，有朋友离别的伤感，有失去亲人的痛苦，有年轻人失恋的忧愁，有游子对故乡家园的怀念，有与同事不和的烦恼等。但是，讨论最多的问题还是几乎让所有中国人都牵肠挂肚的房子。有很多人问：难道除了房子，我们就没有其他的出路了吗？我们一定要在自己年轻的人生路途上背上这样一座大山吗？

特别是从农村走出来的青年人，刚刚到城市发展，面对这个大山一样的问题，实在是不知所措。为了供养自己读书，农民父母已经穷尽了他们的全部能量，自己长大了，怎么再忍心向父母张口？况且，即使张口，他们也没有了能力。可是，没有房子，结婚就是又一座难以逾越的大山。

我一一回答着听众的问题。我说，人生之路是几十年的遥远征程，房子，只是一个休息睡觉的地方，我们从一出生每天有一个必需的任务就是睡觉，我们哪一天也没有因为睡觉而耽误人生的行程。我们的父母再贫穷，也没有让我们睡在荒野里。经过自己的艰苦奋斗，到了城市里，为什么反而为了一个睡觉的地方而焦头烂额？难道我们十年寒窗，就是为了到城市里找一个睡觉的地方吗？如果是这样，城市里钢筋混凝土组成的牢笼一样的地方，哪里比得上我们故乡那世外桃源的清凉？

人生最重要的，是有诗和远方。我们不要被一些所谓的财富困住自己的手脚，更不能年纪轻轻就成为一所房子的奴隶。在自然的世界里，人生就是要走向远方，能走多远就走多远；而在心灵的世界里，最重要的不是积累财富的多少，而是心灵深处要有诗的王国，诗歌会让你获得宁静和诗意，它就是心灵的人生远方。而房子，恰恰是人生的羁绊，它会扼杀我们奋斗的意志，它会成为我们远行的绳索。

放下眼前的那些烦恼，我们会发现，生活的味道是多种多样的，世界的法则就是种瓜得瓜，种豆得豆，这就是生活的丰富多彩。我们古人说人生的四个最高境界是：他乡遇故知，久旱逢甘霖，洞房花烛夜，金榜题名时。这其中之一就是他乡遇故知。多年不见的好友，在他乡意外重逢，这是多么令人惊喜的事情。即使都在一个城市的朋友，平时大家各自为生活忙碌而很少见面，到了节日的时候相约聚会，那份欢欣、那份喜悦，总是成为回味无穷的记忆。可是这相聚的欢欣，这重逢的喜悦，不都是因为有了离别吗？正是因为有了离别，才有了重逢的渴望，才有了相聚的喜悦。你以为有了一套属于你名下的房子，就是为自己在城市买了舒适和安逸吗？不是，我们看看正在发生着的那一个个人生故事，有多少人生惨剧发生在豪华的别墅里？而普通平民的家里传出来的，更多的是温馨和欢笑。

有一句话说，没有离开过故土的人，永远不知道故乡的美丽。假如我们没有人在他乡饱受冷遇的凄凉，没有人在异乡孤立无助的窘迫，又怎么能够体会出故乡的亲切和温暖，怎么能够了解故乡的博大和宽容？看看唐朝诗人贺知章的《回乡偶书》：少小离家老大回，乡音无改鬓毛衰，儿童相见不相识，笑问客从何处来。诗人离家五十多年之后回到故乡，人生易老，世事沧桑的种种感慨涌上心头，诗人诗兴大发，使这首只有四句的短诗成为千古绝唱。假如没有漂泊异乡的经历，没有身为游子的境遇，怎么能有这样伟大的诗篇？

安逸的生活只会扼杀一个人的意志和才情。有资料说，美国和欧洲拥有独立住房的人口不到40%，大多数的家庭都是租房，大多数的家庭把财力用在培养孩子和旅游上。他们认为，作为父母，最重要的，是让孩子尽可能地掌握知识和技能，是让孩子尽快地了解世界的丰富多彩。

房子不是人生中最重要的任务，一个志在高远的人，有更重要的事情要做。房子是大是小，房子是高档还是低档，都只是一个休息的地方。真正的人生目标，不是一套房子，而是在你所在的领域能够到达的高度。

文／鲁先圣

即使你拥有了整个世界

你为什么总是不快乐？你为什么总是充满忧伤？

古希腊哲学家艾皮科蒂塔说：“哲学的精义，就是一个人生活上的快乐，来自尽可能减少对外在事物的依赖。”而罗马哲学家塞尼加的观点更容易为我们所理解：“如果你一直觉得不满，那么即使你拥有了整个世界，你也不会开心。”

是的，即使我们拥有了整个世界，我们也与其他人一样，每天同一个时间见到阳光，每天一样经历风雨，每天吃三顿饭，每天晚上在一张床上睡觉，每天都要经历 24 个小时的时光。而这些，不论是一个农夫还是一个国王，不论你是富可敌国还是穷困潦倒，机会都是一样的。世界不会因为你是国王让你每天过 25 个小时，也不会因为你是个穷汉就让你过 23 个小时。

明白了这个道理之后，我们就不应该为自己的财富少于别人而自责，也没有必要为了自己没有取得巨大的成就而烦恼，我们应该培养自己宽阔的胸怀，不能让忧虑占领自己的心田。永远不用别人的标准来衡量自己，只要自己努力了，就是快乐的。

其实，在我们生命的进程当中，我们所忧虑的事情，大部分都不会发生。我们常常担心自己的身体会出问题，我们常常担心自己有朝一日不再能够创造财富，我们还常常担心未成年的孩子将来没有一技之长。还有些人总是担心出门遇到车祸，到旷野中散步而担心遇到狂风冰雹，坐飞机担心飞机掉下来，坐船担心船会倾覆，等等。

这样的忧虑，就是杞人忧天和庸人自扰。每一天都为那些根本不可能发生的事情而忧虑，是多么的愚蠢啊！

我们应该这样看我们的人生，我们的今天就是我们的昨天和前天，我们的未来也是我们今天的延续。今天没有发生的事情，明天也不一定会发生，人生的意外和不可预料，总是偶然的。

当然，你如果为自己每天生活的一些小事而忧虑，你就应该考虑去咨询心理医生了。

让自己忘掉忧虑的办法很多，最有效的方法，是一旦发现自己陷入了忧虑和沮丧之后，就强迫自己走进书房，拿起一本文学、历史或者地理、天文等方面的书籍，让自己进入阅读。阅读会引导你走进浩渺的沙漠，走进辽阔的草原，走进苍茫的历史纵深之中。大自然的壮美和神奇，历史人物的沉浮和沧桑，宇宙的旷远无边，会让你立刻产生沧海桑田的况味，会让你感觉到自己这一刻的渺小和短暂，更会让你明白生命的渺小与微不足道。

你还会有这样的领悟：你今天的境遇在历史的长河中已经是天堂，你能够活在这个时代已经是前世的造化和幸运，相比历史中的很多人物，你是一个多么幸福的人。

有了这样的恍然大悟，你就是一个无比幸福快乐的人了。

文／鲁先圣

每个人都是生活的艺术家

伟大的印度诗人泰戈尔说：“每个婴孩的出生，都带来了上帝对人类并未失望的消息。”人类世界生生不息，每一个儿童澄澈的眼睛，都给我们无边的启示与憧憬：一切都不晚，未来在自己的手中。

作家的心灵永远有着孩子一样的澄澈与天真。天才是永远学不会世故的人，因为没有世故的堵塞与侵染，才永远拥有诗意的心灵。岁月让大多数人走向了成熟与世故，也让大多数人离天才越来越远。

如果你不能为自己的事业而陶醉，不能忘我地投身于自己的梦想，你就不要羡慕他人的辉煌，世界上没有不付出艰苦的奋斗而得来的果实。

每一个人，都可以是生活的艺术家，找到自己爱做的事，选择对自己有意义的生活，然后全力以赴，你的人生必定大放异彩。

通常我们在做一件事情的时候，并没有仔细慎重地考虑，这件事情对于自己是否有意义，是否是朝着你梦想的方向。如果我们的理智是清醒的，注意身边的每一件事，选择真正有意义的事去做，用不了多久你会发现，你已经离开原来的自己非常遥远。

我从很年轻的时候就坚信，只要坚定地付出，就一定会有意料之外的收获。在世界的中心，有一场伟大的盛宴，等待着奋斗者的光临。我拿着宴会的请帖，听到了那里传来的醉人的音乐。

我们必须承认，生活中的确存在着不可避免的痛苦和失望，没有人能够幸运地绕开它们。重要的是，当遭遇痛苦与失望时，你选择怎样的人生态度。

朋友就是那种发现了你的优点而送上掌声，发现了你的缺点而无声包容的人。当我们用推己及人的态度去接纳别人，我们的身上，就闪耀起人性的光芒。

在我们的一生中，我们常常遇到那些提醒我们应该怎么做，应该做什么的人。丝毫不用怀疑这些人的好意与诚恳。但是，如果你真的听从他们的忠告，你不仅仅无所适从，而且必定一事无成。人生最重要的，是你自己要做什么！

我们送给别人最好的礼物，就是真实的自己，越是这样，世界越简单。千万不要尝试去扮演自己以外的角色，那样只会更累，而且会顾此失彼，漏洞百出。

“不积跬步，无以至千里；不积小溪，无以成江河。”我们的每一天，有多少轰轰烈烈的大事呢？其实，都是一些看起来无足轻重的小事甚至琐事，而且，做好这些小事，我们并不需要多么大的智慧与能力，大多是举手之劳。但恰恰是这每一天的无足轻重，决定着你的一生。把这些小事做得一丝不苟，最终累积成人生的大厦；而看不起这些小事，总盼望着等待大事大显身手的人，最终必定蹉跎一生，空手而归。

常常听到这句话：“谋事在人，成事在天。”其实，这表达的是对茫茫世界的无奈和对渺小自我的精神安慰。因为，即使穷尽一生，兢兢业业，也往往实现不了预期的目标，甚至半途而废。我从来不用这句话搪塞自己，我坚定不移地相信：每向前努力走一步，我就距离目标更近！

牛顿临终前告诉身边的人，他只是一个在大海边拣拾贝壳的孩子。他在用自己的哲思给我们这样的启示：学问的大海无穷无尽，我们掌握的，不过沧海一粟，再勤奋的人，学到的不过是知识海洋边的几枚贝壳罢了。

虽然，春天开过花以后就告别了，接下来就是落红满地的凄凉，但是，我知道她一定还会再来。尽管，深夜的黑暗无边无际，但是，我坚信黑暗必将消退，清晨一定会来。

文／鲁先圣

好高骛远的人是不会成功的

总是有很多的读者在问我这样的问题：我也一直在努力，为什么还是不能成功？我应该怎么努力才能够把理想变为现实？最近甚至有一个中年朋友也在困惑：是不是自己走的路子不对呢？不然，为什么 20 年过去了，自己依然在成功的门外徘徊？

1871 年的春天，英国蒙特瑞综合医科学校的学生威廉斯勒，也对自己人生中的问题感到很困惑。他不明白应该怎么处理远大的理想和具体的身边小事，一个人应该有什么样的做事态度才能成功。他渴望成功，但对手边的小事又觉得没有什么意义。他甚至以为现在的学校生活枯燥乏味，没什么值得去用心的。因而他的成绩也每况愈下。他找他的老师探讨这些困难的人生问题。他的老师推荐他阅读哲学家卡莱里写的一本哲学启蒙读物。老师说，他的书里或许有答案帮助你解决问题。

威廉斯勒是一个意志很坚定的青年，他一向不崇拜大人物，更不相信所谓的名人名言，对许多问题一向有自己的独到见解。但既然是老师推荐的，他想或许真的有用，于是拿过书漫不经心地浏览起来。

突然间，书中的一句话让他眼前一亮：“最重要的，就是不要去看远方模糊的东西，而是要做手边最具体的事情。”他恍然大悟，是啊，不论多么远大的理想，都需要一步步去实现啊！不论多么浩大的工程，都需要一砖一瓦垒起来啊！

他想明白了，他的困惑解决了，他终于找到了人生的答案。他知道，那些远大的理想，应该让它们高悬在未来的天空里，最紧要的，是把自己手边的每一件具体的事情做好。

也就是从那一天开始，1871 年春天的一个下午，年轻的威廉斯勒开始埋头读书，因为他知道这是他目前最紧要的事情，他要把自己的成绩提高上去。半个学期以后，威廉斯勒就一跃成为整个学校最优秀的学生。

两年以后，威廉斯勒以全校最优异的成绩毕业。毕业后他来到一家医院做医生，他认真对待每一位患者，对每一次出诊都一丝不苟。兢兢业业的态度和精益求精的精神，使他很快成为当地的名医。

几年以后，他创办了约翰·霍普金斯学院。他把自己的人生态度贯彻到每一个细节里。许多专家学者慕名来到他的学院工作，他的学院很快成为英国乃至世界最知名的医学院。

事实上，我们研究那些成功者的人生轨迹，你一定能够发现，他们都是些十分务实的人，他们有远大的人生目标，他们每天都在一步一步地扎实地向着自己的目标努力，他们的人生词典里没有犹豫，没有彷徨，更没有朝三暮四的空想。

一个人应该有远大的理想，没有理想就会迷失方向。但是，要实现理想，就必须踏踏实实地从手边的事情做起，不能好高骛远。因为，手边的每一件小事才是你理想大厦的一砖一瓦，好高骛远的空想不过是空中楼阁。

文／马国福

善良其实很简单

善良的母亲常常告诫我们：看见人家的墙要倒，如果不能扶起来，不推也是一种善良；看见别人喝粥，你在吃肉，如果不想让，那么不吧嗒嘴巴发出声音炫耀，也是一种善良；看见人家伤心落泪，如果不想安慰，那么不幸灾乐祸也是一种善良；看见别人过断桥，如果你不经过，那提醒一声也是善良。

这些话是朴素的，如同泥土，却厚德载万物；这些举动是细小的，如同白雪，细微棱角衬高洁。

生活中有许多这样的例子，看见别人践踏规则和公德，如果你无力抵抗，但恪守自己做人的准则，也是一种善良；看见一只小鸟受伤，如果你不能治疗，把它轻轻放回原野，也是一种善良；身为人师，如果不能桃李遍天下，那么不误人子弟，也是一种善良；建筑一座高楼，如果不能建成丰碑样板，但不偷工减料，保持自警的心，为自己的良心负责，也是一种善良。

这些，都是小小的善，就像在夕阳下随风缓缓流动的金色沙粒，尽管渺小，但它们流动的弧线交错辉映出晚霞中最美的波纹；这些小善，其实很简单，琐碎而又平常，世俗而又简单，仅仅是付出那么一点点举手之劳，恪守那么一点点人生底线，容忍那么一点点别人的小错过，保持那么一点点廉耻之心，秉承那么一点点古老传统，许多小善，就举目可见，宛如寒冬墙角的朵朵蜡梅，把我们的内心照亮，让我们对温暖的春天保持信仰和力量。

古人说：“勿以善小而不为，勿以恶小而为之。”古人还说：“从恶如蹦，从善如登。”这些小善是一种日积月累形成的习惯，如同台阶，一步一步把做人的美德送往高处；那些小恶，亦如隐藏在雪山中的一两块小石头，只要关键部位稍微有所松动，就能乘着歪风导致整座雪山的坍塌，心灵底线的溃烂。

善恶常系一念间。有时候，恶是看得见的，善却看不见，用个比喻，善与恶如同寒冬里水面上的冰和冰下面的水，尽管冰封锁了水的灵性，但是水从不抛头露面，一天天一天天，同样将冰融化，唱着歌谣，走向春天。

生活常常是这样，有时候你对一个人做十件善事，他不一定记得住，但是只要你有一件恶举，他或许就记住了你。这是本性使然。所以，一个人若要改变自我形象，当从改变内心开始，积累小善成大善；树立口碑，当从戒恶做起，瑕不掩瑜为此理。

乾坤朗朗，芸芸众生，我们不是孤立的个体，生活的每时每刻与身边的人事、草木、环境有着千丝万缕的偶然和必然的联系。也可以这样说，看得见的小善，是让自己活得快乐的一种涓涓细流，也是让身边的人活得无忧的一种社会责任。自我的小善产生的小快乐，常常带动了周围世界的快乐；周围世界的幸福渲染和扩大了我们个体的幸福快乐。

小善是一种爱的衍射，是一个人内心世界的涟漪；善良，其实很简单，如同最简单的那道数学题“1+1=?”，在不同的心灵世界就能产生不同的答案，但是，我始终相信，只要每个人为了形成爱的合力付出“1”的小善，我们就一定能够看到 1+1 > 2 的结果所焕发的独特光辉。

文 / 马德

人生可赶不可急

赶与急，都是身在此岸，心驰彼岸，都是想早一点抵达某一个人生目标，都是想跑在时间的前面。只是，在彼岸的光与影里，赶者沉静，急者狼狈，赶在岸上，急在泥淖，赶赶得到，急急不得。

赶与急，是人生的两重境界。看起来，两者都很匆忙，都在时间上马不停蹄。但，赶只是身体上辛苦，心灵上却井然有序；急却不然，心纷乱，意迷离，神宕动，理不清，剪不断，乱中出错，最后，帮了时间的倒忙。

赶，是风景；急，只会让心灵煞风景。赶，是山一程，水一程，千里万里；急，是雨一阵，风一阵，风雨交加。

优雅的人生，是一颗平静的心，一个平和的心态，一种平淡的活法，滋养出来的从容和恬淡。有些事情，需要用漫长的时光去守候，有些目标，需要用挚诚的耐心去等待，都是急不得的。即便是赶，也不是月色全无看月下景致，不是岫云尽散赏山岚苍翠，境不冷，意不凉，心不乱，才是赶的前提。赶，只是为了让自己少一些慵懒，少一些懈怠，多一点效率罢了。

你可以跑快一点。是的，你可以跑在时间的前面，但不要跑在宁谧的心前面。人生的风景，说到最后，是心灵的风景。心若急了，神驰，意乱，景衰，一辈子无论走多远，也都没什么韵致可言。

赶一赶，我们可以多做好多事。这样，可以把有限的人生拉得更长一些，把人生过得更有价值一些。是的，生命的长度，有时候，也是赶出来的。所以，赶一赶，没有错。这个世界上，那些卓然于他人之上的人，迥异于他人的基本能力之一，就是比别人更容易赶在时间的前面。

当然了，和同样能抢在时间前面的人相比，他们能够成功，或许，他们更懂得：抢的时候，不必急。

无论多赶，希望是一朵云一朵云地追逐，赶到最后，云卷云舒，云淡风轻，是说不尽的从容与逍遥。急呢，无论怎样，都不足取。难以想象，一个人在心底里，一只狗撵着一只鸡，搞得鸡零狗碎，一地鸡毛，闹不好还鸡飞蛋打，是什么好玩的景致。

真是急不得！

文／延参法师

人生是条河，深浅都要过

人生是条无名的河，是深是浅都要过。人生是杯无色的茶，是苦是甜都要喝。人生是首无畏的歌，是高是低都要和。愿大家能轻松地对待自己，微笑着对待生活！还要学会一点人生的哲学，别人的缺点不要去宣扬和放大，自己的优点不要天天去欣赏和欢呼。

人生有三苦：一苦是，你得不到，所以你痛苦；二苦是，得到了，却不过如此，所以你觉得痛苦；三苦是，你轻易地放弃了，后来却发现，原来它在你生命中是那么重要，所以你觉得痛苦。

如果把苦难视为苦难，那它就真的是苦难了。但是我们如果把它与我们精神世界里最广阔的那片土地相结合，它就成为一种宝贵的营养，滋润我们的心田，会让我们在苦难中如凤凰涅槃，思想上会得到升华，体会到一种特别的甘甜和美好。

一年老似一年，一日过去就没了一日；一个秋天又一个秋天，一辈人催一辈人；一次聚会一次离别，一场欢喜一份伤悲；一张床榻一个人卧，一生都在一场梦里。

心里的，梦里的，存在的，回忆的，一些人，一些事情，等不到秋风起，就该留的，该走的，各去他乡，人生好一个剧场。

征服世界，并不伟大，一个人能征服自己，才是世界上最伟大的人。

人生百年，匆匆忙忙。我们总会在一个有着温暖阳光的午后痴痴地想着，自己到底是不是真实的存在？我们的生活是不是如同梦游？生命的意义到底在哪里？努力了很久没有收获，是不是应该放弃？生活里不妨学会一种自然的心态，让自己保持一种天然呆、自然萌。

不管苦恼和我们如何纠缠，我们都坦然地接受，不必在内心留下任何伤疤。

不要悲观地认为我们自己运气很不好，其实比我们更不好的人还很多；不要乐观地认为我们自己很伟大，其实我们只是沧海之一粟。

把命运捧在手心，空空如也；把命运走在脚下，又实在又漫长；把命运交给明天，不过是个遥远的梦想。

对于世界我们渺小得犹如尘埃，对于自己我们却宽阔得犹如世界，自己就是自己的一切，如果放弃，一切将都不存在。

人生在世，草木一秋。不管是快乐的时光，还是悲伤的瞬间，时间都在不急不慢地前进着，不会为谁的留恋而多做停留，也不会因谁的厌倦而加快脚步。人生不如意十之八九，前世的自己已不可推测，现世的自己正在经历大大小小的得失，有些错误不可挽回，有些美好的片段也已成为尘封的记忆。

不管我们拥有什么，拥有多少、拥有多久，都只不过是拥有极其渺小的瞬间。人誉我谦，又增一美；自夸自败，又增一毁。无论何时何地，我们永远都应保持一颗谦卑的心。

人世间纷纷扰扰，彼此互相原谅与担待，演绎着这世界所有的恩怨情仇，看红尘沧海桑田，一时一事，本无定数。面对着一切，过去了就放下，无须纠缠，从容淡定，犹如云聚云散。每一天，每一刻，都是结束，也都是开始。

虽然我们很渺小。平凡得犹如路边的小草，我们希望生命从容，热情，生命既然很珍贵，那么我们又何必匆匆赶路？看一看风景，相约一些朋友，开心地走过这个夏天。

我们的生命与悠长的时空相比，显得匆匆而且渺小，我们没有能力去和所有的烦恼抗争，我们又不能屈服于各种烦恼，我们相信生命是真实而诚挚的。就让那些烦恼飘远，就算相忘于江湖，多一些宽容吧！

浅浅一笑：回首沧桑，笑看世事，也无风雨也无晴；放开得失，勘破成败，化尽悲欢是他乡。有情风万里卷潮来，无情送潮归。人生的事，来往如梭，恰似潮来又潮归。归去来兮，吾归何处？归乡何在？此心安处。

人间戏剧，扮演不同的角色。有的人常常扮演主角，有的人常常扮演配角，有的人从主角跌落到配角，有的人从配角上升为主角。这往往不是人自己可以选择的。但是，不论扮演什么样的角色，人都不能忘记自己人生的原始起点，都不能迷失自己生命的真我本质。

文／朱光潜

宁愿烦闷，不愿消沉

如果换个方式来说，从前的青年人病在志气太大，目前的青年人病在志气太小，甚至于无志气。志气太大，理想过高，事实迎不上头来，结果自然是失望烦闷；志气太小，因循苟且，麻木消沉，结果就必至于堕落。所以我们宁愿青年烦闷，不愿青年消沉。烦闷至少是对于现实的欠缺还有敏感，还可以激起努力；消沉对于现实的欠缺就根本麻木不仁，决不会引起改善的企图。但是说到究竟，烦闷之于消沉也不过是此胜于彼，烦闷的结果往往是消沉，犹如消沉的结果往往是堕落。目前青年的消沉与前五六年青年的烦闷似不无关系。烦闷是耗费心力的，心力耗费完了，连烦闷也不曾有，那便是消沉。

一个人不是生来就烦闷或消沉的，因为人都有生气，而生气需要发扬，需要活动。有生气而不能发扬，或是活动遇到阻碍，才会烦闷和消沉。烦闷是感觉到困难，消沉是无力征服困难而自甘失败。这两种心理病态都是挫折以后的反应。一个人如果经得起挫折，就不会起这种心理变态。所谓经不起挫折，就是没有决心和勇气，就是意志薄弱。意志薄弱经不起挫折的人往往有一套自宽自解的话，就是把所有的过错都推诿到环境。明明是自己无能，而埋怨环境不允许我显本领；明明是自己甘心做坏人，而埋怨环境不允许我做好人。这其实是懦夫的心理，对于自己全不肯负责任。环境永远不会美满的，万一它生来就美满，人的成就也就无甚价值。人所以可贵，就在他不像猪豚，被饲而肥，他能够不安于污浊的环境，拿力量来改变它、征服它。

普通人的毛病在责人太严，责己太宽。埋怨环境还由于缺乏自省自责的习惯。自己的责任必须自己担当起，成功是我的成功，失败也是我的失败。每个人是他自己的造化主，环境不足畏，犹如命运不足信。我们的民族需要自力更生，我们每个人也是如此。我们的青年必须先有这种觉悟，个人和国家民族的前途才有希望。能责备自己，信赖自己，然后自己才会打出一个江山来。我们有一句老话："有志者事竟成。"这话说得很好，古今中外在任何方面经过艰苦奋斗而成功的英雄豪杰都可以做例证。志之成就是理想的实现。人为的事实都必基于理想，没有理想绝不能成为人为的事实。譬如登山，先须存念头去登，然后一步一步地走上去，最后才会到达目的地。如果根本不起登的念头，登的事实自无从发生。这是浅例。世间许多行尸走肉浪费了他们的生命，就因为他们对于自己应该做的事不起念头。许多以教育为事业的人根本不起念头去研究，许多以政治为事业的人根本不起念头为国民谋幸福。我们的文化落后，社会紊乱，不就由于这个极简单的原因么？这就是上文所谓"消沉""无志气"。"有志者事竟成"，无志者事不成。（节选《谈立志》）

文／沈从文

孤独

在我一个自传里，我曾经提到过水给我种种的印象。檐溜，小小的河流，汪洋万顷的大海，莫不对于我有过极大的帮助。我学会用小小脑子去思索一切，全亏得是水。我对于宇宙认识得深一点，也亏得是水。

“孤独一点，在你缺少一切的时节，你就会发现，原来还有个你自己。”这是一句真话。我有我自己的生活与理想，可以说是皆从孤独得来的。我的教育，也是从孤独中来的。然而这孤独，与水不能分开。

年纪六岁七岁时节，私塾在我看来实在是个最无意思的地方。我不能忍受那个逼窄的天地，无论如何总得想出方法到学校以外的日光下去生活。大六月里与一些同街比邻的小孩子，把书篮用草标各作下了一个记号，搁在本街土地堂的木偶身背后，就洒着手与他们到城外去，钻入高可及身的禾林里，捕捉禾穗上的蚱蜢，虽肩背为烈日所烤炙，也毫不在意。耳朵中只听到各处蚱蜢振翅的声音，全个心思只顾去追逐那种绿色黄色跳跃灵便的小生物。到后看所得来的东西已尽够一顿午餐了，才到河边去洗濯，拾些干草枯枝，用野火来烧烤蚱蜢，把这些东西当饭吃。直到这些小生物完全吃尽后，大家于是脱光了身子，用大石压着衣裤，各自从崖坎高处向河水中跃去。就这样泡在河水里，一直到晚方回家去挨那一顿不可避免的痛打。有时正在绿油油禾田中活动，有时正泡在水里，六月里照例的行雨来了，大的雨点夹着吓人的霹雳同时来到，各人匆匆忙忙逃到路坎旁废碾坊下或大树下去躲避。雨落得久一点，一时不能停止，我便一面望着河面的水泡，或树枝上反光的叶片，想起许多事情。所捉的鱼逃了，所有的衣湿了，河面溜走的水蛇，钉固在大腿上的蚂蟥，碾坊里的母黄狗，挂在转动不已大水车上起花的人肠子……因为雨，制止了我身体的活动，心中便把一切看见的经过的全记忆温习起来了。

也是同样的逃学，有时阴雨天气，不能向河边走去，我便上山或到庙里去，在庙前庙后树林或竹林里，爬上了这一株，到上面玩玩后，又溜下来爬另外一株。若爬的是竹子，则在上面摇荡一会，爬的是树木，则看看上面有无鸟巢或啄木鸟孵卵的孔穴。雨落大了，再不能做这种游戏时，就坐在楠木树下或庙门前石阶上看雨。既还不是回家的时候，一面看雨一面自然就需要温习那些过去的经验，这个日子才能发遣开去。雨落得越长，人也就越寂寞。在这时节想到一切好处也必想到一切坏处。那么大的雨，回家去说不定还得全身弄湿，不由得有点害怕起来，不敢再想了。我于是走到庙廊下去为作丝线的人牵丝线，为制棕绳的人摇绳车。这些地方每天照例有这种工人做工，而且这种工人照例又还是我很熟悉的人。也就因为这种雨，无从掩饰我的劣行，回到家中时，我便更容易被罚跪在仓屋中。在那间空洞寂寞的仓屋里，听着外面檐溜滴沥声，我的想象力却更有了一种很好的训练机会。我得用回想和幻想补充我所缺少的饮食，安慰我所得到的痛苦。我因恐怖得去想一些不使我再恐怖的生活，我因孤寂，又得去想一些热闹事情，方不至于过分孤寂。

到十五岁以后，我的生活同一条辰河无从分开。我在那条河流边住下的日子约五年。这一大堆日子中我差不多无日不与河水发生关系。走长路皆得住宿到桥边与渡头，值得回忆的哀乐人事常是湿的。至少我还有十分之一的时间，是在那条河水正流与支流各样船只上消磨的。从汤汤流水上，我明白了多少人事，学会了多少知识，见过了多少世界！我的想象是在这条河水上面扩大的。我把过去生活加以温习，或对于未来生活有何安排时，必依赖这一条河水。这条河水有多少次差一点儿把我攫去，又幸亏他的流动，帮助我作着那种横海扬帆的远梦，方使我能够依然好好地在这人世中过着日子！

再过五年，我手中的一支笔，居然已经能够尽我自由运用了。我虽离开了那条河流，我所写的故事，却多数是水边的故事。故事中我所最满意的文章，常用船上水上作为背景。我故事中人物的性格，全为我在水边船上所见到的人物性格。我文字中一点忧郁气氛，便因为被过去十五年前南方的阴雨天气影响而来。我文字风格，假若还有些值得注意处，那只是因为我记得水上人的言语太多了。

再过五年后，我的住处已由干燥的北京移到一个明朗华丽的海边。海边既那么宽广无涯无际，我对于人生远景凝眸的机会便较多了些。海边既那么寂寞，它培养了我的孤独心情。海放大了我的感情与希望，且放大了我的人格……

文 / 老舍

忙

近来忙得出奇。恍惚之间，仿佛看见一狗，一马，或一驴，其身段神情颇似我自己；人兽不分，忙之罪也！

每想随遇而安，贫而无谄，忙而不怨。无谄已经做到，无论如何不能欢迎忙。

这并非想偷懒。真理是这样：凡真正工作，虽流汗如浆，亦不觉苦。反之，凡自己不喜作，而不能不作，作了又没什么好处者，都使人觉得忙，且忙得头疼。想当初，苏格拉底终日奔忙，而忙得从容，结果成了圣人；圣人为真理而忙，故不手慌脚乱。即以我自己说，前年写《离婚》的时候，本想由六月初动笔，八月十五交卷。及至拿起笔来，天气热得老在九十度以上，心中暗说不好。可是写成两段以后，虽腕下垫吃墨纸以吸汗珠，已不觉得怎样难受了。“七”月十五日居然把十二万字写完！因为我爱这种工作哟！我非圣人，也知道真忙与瞎忙之别矣。

所谓真忙，如写情书，如种自己的地，如发现九尾彗星，如在灵感下写诗作画，虽废寝忘食，亦无所苦。这是真正的工作，只有这种工作才能产生伟大的东西与文化。人在这样忙的时候，把自己已忘掉，眼看的是工作，心想的是工作，做梦梦的是工作，便无暇计及利害金钱等等了；心被工作充满，同时也被工作洗净，于是手脚越忙，心中越安怡，不久即成圣人矣。情书往往成为真正的文学，正在情理之中。

所谓瞎忙，表面上看来是热闹非常，其实呢它使人麻木，使文化退落，因为忙得没意义，大家并不愿做那些事，而不敢不做；不做就没饭吃。在这种忙乱情形中，人们像机器般的工作，忙完了一饱一睡，或且未必一饱一睡，而半饱半睡。这里，只有奴隶，没有自由人；奴隶不会产生好的文化。

这种忙乱把人的心杀死，而身体也不见得能健美。它使人恨工作，使人设尽方法去偷油儿。我现在就是这样，一天到晚在那儿做事，全是我不爱做的。我不能不去做，因为眼前有个饭碗；多咱我手脚不动，那个饭碗便啪的一声碎在地上！我得努力呀，原来是为那个饭碗的完整，多么高伟的目标呀！试观今日之世界，还不是个饭碗文明！

因此，我羡慕苏格拉底，而恨他的时代。苏格拉底之所以能忙成个圣人，正因为他的社会里有许多奴隶。奴隶们为苏格拉底做工，而苏格拉底们乃得忙其所乐意忙者。这不公道！在一个理想的文化中，必能人人工作，而且乐意工作，即便不能完全自由，至少他也不完全被责任压得翻不过身来，他能把眼睛从饭碗移开一会儿，而不至立刻啪的一声打个粉碎。

在这样的社会里，大家才会真忙，而忙得有趣，有成绩。在这里，懒是一种惩罚；三天不做事会叫人疯了；想想看，灵感来了，诗已在肚中翻滚，而三天不准他写出来，或连哼哼都不许！懒，在现在的社会里，是必然的结果，而且不比忙坏；忙出来的是什么？那么，懒又有什么不可以呢？

世界上必有那么一天，人类把忙从工作中赶出去，人家都晓得，都觉得，工作的快乐，而越忙越高兴；懒还不仅是一种羞耻，而是根本就受不了的。自然，我是看不到那样的社会了；我只能在忙得——瞎忙——要哭的时候这么希望一下吧。

文／积雪草

够得着的幸福才是你的

每个人都会有这样一种错觉，总觉得那些得不到的东西才是最好的，总觉得那些够不着的东西才是最想要的。被这样一种错觉左右着，我们总是在不停地仰望，不停地寻找。仰望那些看似离我们很近，但实际上却并非唾手可得的东西。寻找那些可望而不可即的东西，如镜中花，水中月。

够得着的幸福才是你的，仰望那些够不着的东西，实际上是一种煎熬，倘若你想要的东西，就是那个高高地挂在树梢上的果子，即便你踮起了脚尖，即便你搬来了梯子，即便你找来了长长的竹竿，仍然够不着那枚挂在树梢上的果子，你会做何打算？选择放弃还是选择继续？

生活在红尘中的人，都会遇到那枚高高地挂在树梢的果子，智者会绕树三圈，够得着就摘下来，够不着就想想办法，实在够不着就选择离去。那些贪婪的笨蛋会在树下左三圈右三圈，够又够不着，走又不舍得走，被折磨得精疲力竭，最终倒在树下伤心欲绝。

一种可能，树梢上的那枚果子，是你真心想得到的。还有另外一种可能，就是树梢上的那枚果子，并不是你必须得到和最想得到的，可是别人都有，你就想拥有，所以想尽办法，哪怕被折磨得精疲力竭，哪怕被碰撞得头破血流，得到是你唯一的选择和目的。

这种时候，往往还有另外一种可能，不知道你想过没有，很多事情并不是你努力就能做成的，还要看天时地利人和，要看自身的条件，多方面条件都成熟的时候才可能达成你的愿望。

人生就像一场长途旅行，在这场旅行中，我们都会遇到很多人事，会遇到美丽的风景，会遇到很多想要或者不想要的东西，譬如鲜花美酒和掌声，譬如沮丧抑郁和绝望。贪心的人总想把所有的东西都据为己有，从不会想到，东西太多自己是否能拿得动。豁达的人总是选择自己最需要的东西，简单快乐才是好滋味。

倘使树梢上的那枚果子就是幸福，我希望去触摸那枚够得着的果子，而不是高高地挂在树梢的那枚。也许你会说，够得着的果子早被别人摘走了，那你就错了，因为每个人都有自己够得着的果子，也就是自己够得着的幸福。

别人的果子或许是香车豪宅，我们有一间自己的房子就好。别人的果子或许是妻妾成群，我们有一个爱自己的人就好。别人的果子或许是金融大鳄地产精英，我们有一份工作就行。别人的果子或许是欧洲游世界行，我们能在家门口微旅行一圈就好。

也许你会说了，这人不求上进，不思进取，阿Q自娱，没救了。

其实不然，与其触摸那些够不着的幸福，被折磨得死去活来精神分裂，还不如守住和珍惜手里已有的幸福，触摸那些看得见够得着实实在在的幸福，抬头能看见蓝天，低头能闻到花香，亲人安好，朋友快乐，身体健康，不都是够得着的幸福吗?

行走红尘，别被欲望左右迷失了方向，别被物质打败做了生活的奴隶，给心灵腾出一方空间，让那些够得着的幸福安全抵达，攥在自己手里的，才是实实在在的幸福。

文／张丽钧

让生命在每一刻都说出得体的话

很好的秋日阳光，空气中弥散着迟开花朵的芬芳。我站在一个儿童摄影棚前等人。突然，一个小女孩把童车骑到了我跟前，险些撞到我。我赶忙躲她，不想她竟追过来。我只好无奈地冲她笑了。她也冲我笑——一个仙子般的小姑娘。“阿姨，”她指着儿童摄影棚外墙上足有两米高的巨幅照片对我说，“这是我。”我这才注意到，原来，这骑童车的女孩竟是那巨幅广告上的小模特！我看看照片，再看看身边的女孩，不住地夸说“漂亮”。女孩得意得不得了，头摇尾巴晃的，像条欢快的小狗。

不由想起了发生在南怀瑾大师身上的一件事。有一回，南怀瑾乘火车从台北去台南，身边坐了一个年轻人，捧着一本书入神地看。南怀瑾瞟了一眼他手里的书，随口问了句：“有那么好看吗？”年轻人做出了肯定的回答，并说自己一直十分喜欢读这位作家的作品。南怀瑾说：“哦，那我回头也买一本来看看。”——那本书的作者正是南怀瑾。

我喜欢女孩不依不饶追着我这个陌生的“阿姨”，邀宠般地告诉我说那墙上的照片就是她，她说破，是因为她透明；我也喜欢南怀瑾不曾道出自己就是那本“好看”的书的作者，他缄口，是因为他蕴藉。

我不能接受女孩抛却一派天真，扮演大师的深沉；也不能接受大师抛却沉静内敛，扮演女孩的单纯。

我愿意拟想，大师也曾拥有无饰无邪的童年，愿意将自己的美事、乐事、幸事张扬天下，不惧人讥，不怕人妒。就像花不会藏掖自己的芬芳，透明的心也不会藏掖自己的景致。那么没道理，那么没章法，反正就是让童车冲到你脚下，纠缠着你，追着你唱赞美诗。这让你很便捷地就怀了一回旧，你生了锈的感觉在一颗开花的童心面前一下子生动起来，摇曳起来。

我更愿意拟想，女孩将一步一步修行，直到学会对着岁月深处那个急煎煎向路人跂扈地炫耀自我的女童发出不屑的哂笑。南怀瑾大师特别看重生命的“庄严感”，庄严的生命必是摒弃浮华、拂去尘屑的。一个拥有了美好的“精神目标”的人，断不会热衷于在生活的大海中钓取廉价的恭维与褒扬；只有虚妄的心，才会那么黏，总是试图黏住更多激赏的目光。

行走世间，我多么希望自己有一双善于撷取的手。撷取了天真，就在这一刻欢悦吧；撷取了内敛，就在这一刻凝思吧。而在这两个故事的连接处，我愿意试着绣上自己细密的心思——告诉自己，或许，这一边，正是我渐去渐远的昨日，那一边，恰是我愈行愈近的明朝。揽万物以为镜，窥见自我一息一变的心颜。不是所有的“可爱”都适宜窖藏，此时的口无遮拦，彼时可能就变成了庸俗轻浅。风度，往往与一个人自知度呈“正相关”。对一个个体生命而言，没有恒久不变的“一派天真”，也没有与生俱来的“沉静内敛”。自觉修行的生命，会在每一刻都说出得体的语言，不造作，不夸饰，不张扬，在熨帖中开出最美的花朵。

— 第 六 辑 —

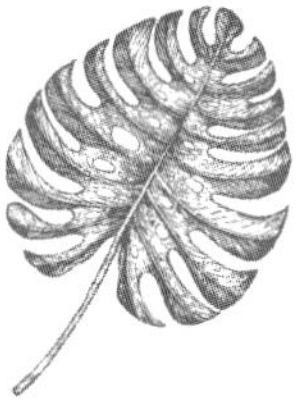

人生漫漫，我陪你长大，你陪我变老

儿女每一次成长，父母都会增添一道皱纹、一丝白发。天下的儿女们，赶快为你的父母尽一份孝心，趁他们健在的光阴。

文／孙道荣

青春正在继续

我的儿子，今年 17 岁了，他即将迎来他的成人礼。就在此书的初稿完成之后，我带着儿子，北上山东，去爬了一次泰山。我们选择从山脚的红门开始往上攀登。我和他一人背着一个旅行包，所不同的是，他的包里，只是些他个人的衣物，而我的包里，装着我们俩人的饮用水、食物、洗漱用品等。快到十八盘时，儿子看我实在爬不动了，就停下来在路边等我，帮我卸后背上的包时，儿子拎着包的手，突然停在了空中，儿子说："你的包怎么这么重？"儿子执意跟我换了个包，他说，他年轻，当然应该他背重的包。那一刻，我感到背上一松。儿子真的长大了，长大了的儿子，除了偶尔和你拧着干之外，他也学会了承担和分享，而这一点，多么重要，多么珍贵。

儿子上初中后，几乎每个暑假，我都会单独带儿子出去旅行一趟。不是说一家三口旅行不好，事实上，这几年，我们一家三口也共同去了很多地方。但三人行与父子同行，在我看来，还是有区别的。父子同行，可以有更多的时间和机会，让你将一个父亲的经验，直接传授给儿子，也可以让你从更多的角度，来观察了解自己的儿子。这些年，我带儿子登泰山，攀华山，游黄山。山水桂林，古城西安，武夷胜境，世博园景，北国冰城，都留下了我和儿子的身影。平时在家，我可能会因为儿子的学习问题、电脑问题、电视问题，而和儿子产生这样那样的矛盾，而游走于自然山水之中，我和儿子的关系越来越融洽，越来越亲密，父子俩人经常勾肩搭背，宛若哥们。

2008 年夏天，我和儿子去华山游玩，我们半夜徒步登山，相互勉励；观华山日出，壮丽情怀，击掌而歌；特别是体验悬浮在峭壁上的长空栈道，父子俩手拉手，临危不惧。那个暑假之前，因为儿子学习成绩滑落，兼之有早恋倾向，父子、母子关系闹得很僵。从华山下来之后，我明显感觉到儿子身上的变化。虽然一路上，我几乎没有和他谈学习，也没有谈情感，但我能够体会到他身上发生的细微变化。问题也许不在他有变化，而在于他的这些变化，都发自他内心的觉悟，这种变化，才会是有效的，也才能是可持续的。

我经常想，我是一个称职的父亲吗？我为儿子都做了些什么？很惭愧，作为父亲，我做的其实远远不够，我所做的最多的，是陪伴他，一只手搭在他的肩膀上。我这样做，未必能传递给他力量，但我要告诉他，在他成长的道路上，有一个男人，是他的父亲，也是他的伙伴，有时候，还是他的哥们。他不孤单！这就是我要传递给他的。

这也就是为什么我不同意将青春期视为叛逆期。青春是什么？是激情，是激扬，是激昂，是激奋，这样一个青春，就难免走点弯路，要点孩子脾气，交一点人生的学费。而身为父亲，你不是帮他交学费的，也不是代他走弯路的，你是与他同行的人，在他迷茫的时候，给他方向；在他脆弱的时候，给他温暖；在他慌乱的时候，给他力量。

也许我们还不太明白，到底应该怎样做父亲，就像我们的孩子，也不知道怎样度过这段人生最灿烂也最纠结的青春期一样。那就让我们来共同面对，共同经历吧。

因为你也有过青春，还因为，这个青春，由他——你的儿子来继续！

（节选）

文／陆勇强

父母的经验还能指导儿女吗

现在想当个有“权威”的父母是很难的。

譬如手机密码忘记了，如果家里有个小孩就可以帮你找回来；如果电脑系统崩溃了，家里如果有个爱好电脑的小孩可以轻松地帮你重装。还有一些新名词、新游戏什么的，只要问问家里的小孩就可以了。

我家里有个 13 岁的男孩。电脑里的问题，手机上的问题，还有家用电器出现的问题，统统问他，他基本上可以“妙手回春”。有一次，我问他一个 QQ 上的功能，他正在做作业，抬起头，非常不屑地嘀咕：“你连这个也不会啊！”

看看，“父道尊严”在哪里了呢？

几十年前的世界是不会发生这种状况的。当年的日子就像复印机一样，年年相似，代代相同。农耕社会嘛，最重要的无非是稼穑之事，何时播种，何时插秧，何时收割……看似简单，却是一门博大精深的学问。

在那个时代，不仅仅农民，还有为官、为商等，没有什么革命性的变革，经验至关重要。

当时的父母自然有“权威”的！这种“权威”不仅仅来自于礼教，

更来自于只有经历过岁月才能积累下来的“经验”，年轻人是学不到的。即便垂垂老矣，除了气力上输给年轻人，老年人仍然占据着“经验的财富”，可以在家庭里摆摆“老资格”。

可是现在呢？不行了。

社会进入工业化、城市化后，这种“经验至上”的伦理就不管用了，老人们的经验已经不能指导年轻人了。譬如农民父亲的人生经验、社会阅历，就不能指导在城里当工人的儿子。很多父母把子女养育大后，他们一旦到城里工作和生活，父母们就不知道自己的孩子到底在想什么、干些什么了，父母和子女，生活在了两个完全隔离的世界。

在农耕社会，这样的事情是不可能发生的，父母亲对孩子的生活是了解的，也是可以指导的。我们向来认为，老年人更有经验，老农民、老中医、老教授都有较高的社会地位和权威。

但是现在呢？

我曾经带父母亲去北京玩，他们不会在网上订机票，找不到飞机的座位号，到了北京也不知道如何换乘地铁……这个社会发生了太多的变革，他们的生活经验已经远远不能适应现在的社会生活，需要我来引导，为他们忙前忙后地服务。

有一个骗子，挨家挨户在农居的门口扔“刮刮卡”，父亲捡到这张纸，刮出了“特等奖”，他就信了。后来父亲打电话来问我，被我制止了。

这一点70岁的父亲是“明智”的，他经常向我讨教，而且是一有问题就会来问我。

这已是一个老年人反过来向年轻人学习的时代，“经验”已被打碎一地。正因如此，从来没有一个时代的老年人，像现在这样遭遇“经验无用”的尴尬。他们一旦赋闲在家，只要不学习，就会生活在另外一个世界里了。

现在的老人是孤独的，也是茫然的。

这种“茫然”就像我现在求教于13岁的儿子一样，很多新鲜事物，我已不关注了，也懒得关注了。我正在慢慢地游离出这个日新月异的社会。

在伦理上，我还是他的父亲，但某些方面，他却是我的老师。这就是这个时代最有意思的地方，也是我们不得不接受和需要进行心理调适的地方。

文／丁立梅

母爱拳拳

三岁时，我得肺炎。整日整夜地哭闹。母亲就一直把我抱在怀里，连打点滴的时候，也不放下。吃饭时，父亲换母亲抱我，让母亲吃饭。母亲的手，抖索半天，也不能把筷子拿起。她的双臂因抱我太久，早已失了知觉。

十岁时，我出痧子，病情很重。母亲七天七夜没合眼，守着我，为我掖着被。我病好后，母亲病倒了。而和我一同发病的我的同桌，那个喜欢抱着大南瓜烂漫地笑着的小女孩，却死了。据说是因为喝了生水。夜里她口渴极了，趁大人们不备，自己起床到水缸里舀了生水喝。

十三岁时，我染上黄疸肝炎。大雪的夜里，躺在床上一个劲地说胡话，问母亲要桃吃。父亲当时在外地，母亲一个人，慌张得直掉泪。搂紧我，认定我是中了邪。最后不顾祖母的阻挠，紧紧头上的方巾，一头没到门外的风雪里——给我掐命去了。在离我家六公里外，住着一个算命瞎子。

下半夜，母亲回，身上发上眉毛上全沾一层白露，是雪的痕迹。冻得直打战的手，却从贴身棉袄内取出一道符来，就看到母亲眼睛里有亮亮的光芒跳过，像暗夜里一点萤火。母亲悄声对祖母说，算命瞎子说，梅丫头是撞了野鬼了，烧掉这道符，梅丫头的病就好了。

但我的病却没见好，反而加重了。门外的风雪也应和了我的病情似的，越发地猛烈起来，漫天漫地的。母亲再也沉不住气了，决定送我去医院。医院离我家有三十多里路，所有的道路和桥梁都被积雪掩了，母亲硬是用拖车，一步一滑地把我拖了去，其间，母亲不知摔了多少的筋斗。多年以后，母亲的额角处还隐约可见一道淡紫的疤痕，是磕在拖车上留下的。

读高中时，路远，我离家住校。一日，脚上生一脓疮，肿很高了，行走困难。母亲在家不知怎的得了消息，次日一大早，我还在宿舍的床上躺着，母亲就到了，肘弯里挎一个用旧围巾缝成的包，包里，是我爱吃的玉米饼，母亲连夜赶做的。烙完饼，星光已是淡了，母亲就从家里出发，往我学校赶，足足走了四个小时的路，才走到我的学校。

去外地念大学，在陌生的城市，举目无亲，特别地想家，就写了信告诉母亲。从未出过远门的母亲，接了信后，立即坐了长长的车，一个人，摸到大学里去看我。一宿舍城里的同学围了母亲说话，母亲听不懂，局促着，突然打开布包，倾囊倒出从家里带的土特产，请了我的同学吃。

恋爱时，感情受挫，一个人躲在房内哭。半夜里起床，去外面走。却听到身后的门响，是母亲。母亲把一件衣披到我身上，缄默半晌，轻轻说，夜里露水重，早点回房睡吧。

后来，有了小家，与母亲远了去，一年里难得回几次家，母亲也就渐渐地淡出了我的视野。但母亲的记挂却常常不期而至，是千叮万嘱着的，如路上开车要小心啦，两个人要和和美美过日子啦。那日，连续上完四节课，累极。突然接到母亲的电话，这才想起，由于忙，我已近两个星期未打电话回家了。才轻轻一句，母亲立即在那头敏感地询问，你喉咙怎么了？怎么有点哑了？

因为太疲惫，不耐烦对她细说，所以随口道，大概是感冒了吧。

第二天我和老公下班回家，却意外地发现母亲来了。母亲看到有说有笑的我们，提了一夜的心，终于落下。母亲说，昨天听你口气，还以为你们两口子吵架了，你的嗓子哑了不像是感冒的，所以不放心来看看。母亲呵呵乐。

笑的波在脸上凝住，抬眼望去，意外地发现，母亲的发，不知于何时，已全部白了。

文／马国福

父亲的不明白

有时候我在想，父亲就是一棵站在我们心里的大树，时间就像一把无情而又锋利的大锯，我的姊妹们正在和时间进行一场争夺，它每把父亲向前拉一把，在父亲生命的年轮上刻下一轮伤痕，划下一道皱纹，增出一根白发，我们的心里就会疼一场。就这样我们和时间站在父亲的两端，疼痛地整整拉了六十一个回合。

父亲生性一副好口才，农闲时节经常找来一些关于民俗的书籍阅读，也经常被村里的人请去主持一些红白喜事。在他的耳濡目染下，我们喜欢上了承载人生喜怒哀乐的文字。父亲的大半辈子几乎全部耗在了那几亩并不富饶的土地上，然而无论一年到头他付出多大的艰辛，一亩地还是那么一些数得过来的收成。如果父亲眼里的“老天爷”发慈悲照顾人，庄稼不遭遇什么天灾祸乱，八百多斤粮食顶多卖到五六百块钱。每年当麦子平安地收进粮仓时，父亲就会把粗壮的手插进粮仓，两手来回揉搓金黄的麦子时，那份欣喜和幸福只有父亲才能深切地领略，不懂事的我们只是轻描淡写地过问一下：“大，今年粮食收成怎么样？”父亲会露出憨厚而又权威的笑脸：“还行，这不关你们的事情，你们把书念好就行了。地里的事情轮不到你们操心。”

这是多年前的对话，现在一直铭记在我心。现在我通过读书改变了自己的命运，脱离了劳动，远离了麦地。父亲不再种田，我们把父亲这棵大树从农村“移植”到城市，然而他的根系却仍牢牢地扎在农村，城市的土壤不适宜他，他试图努力适应城市的环境，尽管他过着衣食无忧的安逸生活，每天看看电视，逛逛街，和大街上广场里的那些老人拉拉家常，打打牌，然而，每个傍晚，当他沐浴着夕阳的余晖回到楼房，我们仍然能看得出他无法释怀的落寞和无聊。城市的土壤没有温度，有的只是一种浮在表面上的喧嚣和游走在人们脸上的冷漠。他无法深入城市的内心。

他不明白为什么城里人之间不可以毫不设防地自由出入邻居家的大门？他不明白为什么乡村里一脚就能踹开柴门的院落一年到头发生不了一起盗窃事故，而城里铁将军、防盗门、电子眼层层严密把守的小区却接二连三地被盗？他不明白村庄里自家院里种的蔬菜瓜果、养的猪鸡不通过农产品检验就能放心地进入我们的肠胃，而城里菜市场里的鸡鸭鱼肉、瓜果蔬菜却要层层检验才能穿行于居民的厨房餐桌，且他们经常生病？他不明白为什么城里的房子大了、窗子亮了，而人们的幸福感却小了？他更不明白的是，他的儿子一会儿工夫写的千把字的一篇文章发在知名报刊就能换来几百元的稿费，这可是他和母亲两个人全年风里来雨里去，起早贪黑像侍弄子女一样精心劳动一年，一亩地才能挣来的啊！

有一次，我的一千两百多字的文章发在《读者》杂志后收到七百多元稿费，那篇文章不长，只有巴掌大的一点空间，当我把文章拿给他看时，他竟然不相信这么一点点东西竟能得到如此巨款。在他眼里，我的巴掌大的文章远远没有他的一亩地广阔、有内涵，我的文章与地里的庄稼相比太轻太轻，太缥缈太不实际，然而，这些浅薄的文字换来的稿费实实在在地改变着我们的生活质量。我的沉默的父亲脸上露出非常不可理喻的神情，突然他老泪纵横地说了一句："娃娃（自小到大父亲一直这样称呼我，无论我多大，我永远是他眼里长不大的娃娃），没有文化，眼睛再亮，也是瞎子啊；没有追求，你有再多的财富依然是穷人。"我自以为是地和他开玩笑说："种庄稼真没意思，一年到头苦死了还不如写几篇文章实惠。"突然，父亲神情严肃地说了一句粗话："孬种，你忘本了不成？别忘了，无论走到哪里你都磕不掉脚上的泥巴。没有了庄稼你喝西北风？没有了庄稼一切都没了意义！"我很惭愧，不得不佩服这位在农业的部落里以庄稼比拟人生的"哲学家"。

尽管父亲现在不种庄稼，但他的表情仍在庄稼内部。现在他每天坐在真皮沙发上吃着庄稼人一年到头吃不了几回的好酒好菜，然而他喝酒吃饭的姿态仍与随意坐在田埂上喝粗茶吃淡饭的模样无异。他秉承着一种与土地血肉相连的传统，坚守着种庄稼曾赐予他的那种幸福与苦乐。在父亲眼里，庄稼是很神圣的，他对种庄稼的事业极其虔诚、敬若神明，容不得我们说半句亵渎土地和庄稼的话。

文／冯骥才

父子应是忘年交

儿子考上大学时，闲话中提到费用。他忽然说：“从上初中开始，我一直用自己的钱缴的学费。”

我和妻子都吃一惊。我们活得又忙碌又糊涂，没想到这种事。我问他：“你哪来的钱？”他说：“平时的零花钱，还有以前过年时的压岁钱，攒的。”

“你为什么要用自己的钱呢？”我犹然不解。

他不语。事后妻子告诉我，他说：“我要像爸爸那样，一切都靠自己。”于是，我对他肃然起敬，并感到他一下子长大了。那个整天和我踢球、较量、打闹并被我爱抚地捉弄着的男孩儿已然倏忽远去。人长大，不是身体的放大，不是唇上出现的软髭和颈下凸起的喉结，而是一种成熟，一种独立人格的出现。但究竟他是怎样不声不响、不落痕迹地渐渐长大，忽然一天这样地叫我惊讶，叫我陌生？

我把这感觉告诉朋友，朋友们全都笑了，原来在所有的父亲心目里，儿子永远是夹生的。对于天下的男人们，做父亲的经历各不一样，做父亲的感觉却大致相同。

这感觉一半来自天性，一半来自传统。

1976 年大地震那夜，我睡地铺。“地动山摇”的一瞬，我本能地一跃而起，扑向儿子的小床，把他紧紧拥在怀里，任凭双腿全被乱砖乱瓦砸伤。事后我逢人便说自己如何英勇地捍卫了儿子，那份得意，那份神气，那份英雄感，其实是一种自享。享受一种做父亲尽天职的快乐。父亲，天经地义是家庭和子女的保护神。天职就是天性。至于来自传统的做父亲的感觉，便是长者的尊严，教导者的身份，居高临下的视角和姿态……每一代人都从长辈那里感受这种父亲的专利，一旦他自己做了父亲，就将这种专利原原本本继承下来。

这是一种“传统感觉”，也是一种“父亲文化”。

我们就是在这一半天性一半传统中，美滋滋又糊里糊涂做着父亲。自以为对儿子了如指掌，一切一切，尽收眼底，可是等到儿子一旦长大成人，才惊奇地发现自己竟然对他一无所知。最熟悉的变为最陌生，最近的站到了最远，对话忽然中断，交流出现阻隔。弄不好还可能会失去了他。

人们把这弄不明白的事情推给“代沟”这个字眼儿，却不清楚：每个父亲都会面临重新与儿子相处的问题。

我想起，我的儿子自小就不把同学领到狭小的家里来玩，怕打扰我写作，我为什么不把这看作是他对我工作的一种理解与尊重？他也没有翻动过我桌上的任何一片写字的纸，我为什么没有看到文学在他心里也同样的神圣？……当我把这些不曾留意的许多细节，与他中学时就自己缴学费的事情串联一起，我便开始一点点向他走近。

他早就有一个自己的世界，里边有很多发光的事物。直到今天我才探进头来。

被理解是一种幸福，理解人也是一种幸福。

当我看到了他独立的世界和独立的人格，也就有了与他相处的方式。对于一个走向成年的孩子，千万不要再把他当作孩子，而要把他当作一个独立的男人。

我开始尽量不向他讲道理，哪怕这道理千真万确，我只是把这道理作为一种体会表达出来而已。他呢，也只是在我希望他介入我的事情时，他才介入进来。我们对彼此的世界，不打扰，不闯入，不指手画脚，这才是男人间的做法。我深知他不喜欢用语言张扬情感，崇尚行动本身；他习惯于克制激动，同时把这激动用隐藏的方式保留起来。

我们的性格刚好相反，我却学会用他这种心领神会的方式与他交流。比方我在书店买书时，常常会挑选几本他喜欢的书，回家后便不吭声地往他桌上一放。他也是这样为我做事。他不喜欢添油加醋的渲染，而把父子之情看得天地一样的必然。如果这需要印证，就去看一看他的眼睛——儿子望着父亲的目光，总是一种彻底的忠诚。所以，我给他翻译的埃里克·奈特那本著名的小说《好狗莱希》（又名《莱希回家了》）写的序文，故意用了这样一个题目：忠诚的价值胜过金子。

儿子，在孩提时代是一种含意，但长大成人后就变了，除去血缘上的父子关系之外，又是朋友，是一个忘年交。而只有真正成为这种互为知己的忘年交，我们才获得圆满的做父子的幸福，才拥有了实实在在又温馨完美的人生。

文／积雪草

父亲的箫声

父亲年轻时正经是个文艺男青年，虽然是行伍出身，但是多才多艺，一支洞箫吹得风轻云淡，吹得明媚生花，吹得轻柔婉转，吹得风生水起。

箫声虽然音质圆润清幽，但多少还是有些呜咽之意，多少带些悲凉之寂，听上去有些凄惶。它没有笛声清亮明快，更没有二胡婉转悠扬，但父亲却有本事把洞箫吹出欢愉之音，那是他的心境使然，还是对生活的热切？

年少时，看见父亲站在后园的杏树下吹箫，那时节，夕阳西下，倦鸟归巢，杏花春雨，长箫幽咽，斯时斯刻，如画如景，美不胜收。花影里，父亲挺拔凝重，长箫在手，吹得风动花落。我看不见飘逸，只望得到凝重，看着父亲的背影，我不知道父亲此刻在想什么，但我心中却生出水一样的柔情，山一样的坚毅，那是父亲用箫声传递出来的信息。

父亲吹箫，不为纵情，不为恣意，更不是随意挥洒才情，当然更不是想当什么文艺男青年，那年月缺衣少粮，谁有那闲情逸致瞎耽误工夫？只因因缘际会，偶然得一支洞箫，父亲用它抒发心中的情愫，遇到高兴的事情或不高兴的事情，父亲都会找一个没人的地方，吹上一曲，如酒，能解忧。那时候，我并不知道父亲为什么喜欢吹箫，其实父亲也会拉二胡，却很少见到父亲拉二胡，父亲似乎对箫这种乐器更情有独钟，我那些舅舅们个个都是吹拉弹唱的好手，父亲混迹其中，自然也沾染上一点艺术细胞。

那支长箫，拴两个妩媚的红穗头，经年累月挂在东墙上，是父亲的钟爱之物。闲时，父亲常常把那支长箫取下来，拿在手里把玩，用一块柔软的细布反复摩挲擦拭，眼神中极尽温柔之色。

我见过父亲在月下吹箫，月亮清瘦地挂在天边，若有若无的月光朦胧如纱，篱笆上的夕颜花害羞似的闭合了，万物静谧，唯有父亲的箫声呜呜咽咽，如泣如诉。月下听箫，听得我黯然神伤，我知道奶奶的离去，让父亲生出些许孤独和伤感，箫声正是诉说内心苦寒的媒介。我也见过父亲在街边的柳树下吹箫，那一年杨柳依依，柳枝新绿，父亲的伤感缘于妹妹的新嫁，前路茫茫，父亲的箫声有祝福，有牵挂，更有对未知的担忧。

“怨去吹箫，狂来说剑，两样销魂味”，这两句词是清朝才子龚自珍的名句，出自《湘月》。父亲自然不会舞剑，只是闲来偶尔弄箫，年龄见长之后，加上患了糖尿病，每日忙于养生保健，箫也不大吹了，问起，父亲笑说：“人老了，吹不动了。”言语间，有些许的无奈和落魄。

我看着父亲，两鬓霜花尽染，走路也不再像从前那般虎虎生风，那个曾经专横霸道的人去哪儿了？取而代之的是一个越来越虚弱、越来越无力的老者，看得我心中生出痛楚，我说：“我想听您吹箫。”父亲笑，把箫放在嘴边比画着，虽然也能吹响，但曲调却没有当初那么流畅了。

谁都无法和时光抗衡。

我一时无语，耳边依稀响起父亲的箫声，穿过岁月，穿透人生。曲调圆润优雅，仿佛是一个沧桑的声音在我耳边低沉轻诉，听得我眼中生出泪花。那是一段多么美好的时光，那是父亲最美好的岁月。

我以为父亲的箫声从此终结，谁知那日回家，竟然又听到父亲的箫声……

文／郭光明

陪母亲过节

中秋到了，我坐上了长途车。但不是外出旅游，而是回乡下老家，陪母亲过节。

之前，我对节是没有概念的。在我的印象中，除了春节，其他的诸如元宵、端午、中秋，都算不上节，因为元宵节是春节的后延与扩张，用老家的风俗来说，过了二月二，才算过完了年。所以，母亲说，年还没过完呢，过哪门子十五？尽管母亲如此说，但真正到了月圆那天，她还是拣些用来招待客人的萝卜白菜，包上一顿水饺。而到了五月初五，母亲就像刻意忘了日子一般，极少提及。有时，我们看到某人谁家掰来了苇叶，嚷嚷着要吃粽子，母亲也是黑虎着脸训斥我们：小孩子家懂什么？的确，那个时候我们除了吃，其他的什么也不懂，等我长大以后，才渐渐从母亲的“训斥”中，读懂她的无奈。至于中秋，在我的记忆中，圆圆的月亮爬上东山头时，母亲才握着镰刀，拖着疲惫的身躯回到家，而那把镰刀，早已卷了刃的……那个年代，节，就像一潭山泉水，清澈得一眼就能望到底，绝不像现在，混浊得让人看不清、看不透、看不穿。

缘于对节没有形成概念，多年来，我把初一十五压到了箱子底，习惯了星期礼拜。尽管如此，有时的睡梦，经常梦到“咕咕”叫的布谷鸟，梦到村南的苇塘里苇子挂了花。我知道，自己又想家了。于是，抽个空闲，回去看看。但是，很多时候，我的回家，都是随心而动的，从不看日子，因而给母亲带来的，要么是惊诧之喜，要么是沮丧之喜。

“你个‘小行行子’，不晌不乏的，回来干么？”

“小行行子”是母亲对我的蔑称，但不是不信任、不是靠不住。在我老家，能让母亲或者父亲喊小行行子的，一定是乖巧的儿子，女儿再乖巧，也没这个享受。母亲见我进了门，欣喜之余，总是左一个“小行行子”，右一个“小行行子”，不是埋怨，就是抱怨：

“也不打个电话，净让俺‘抓瞎’！

“都过完节了，还回来干啥？”

其实，母亲对过节是没有讲究的。用她的话说，你们都怪忙的，大老远的回来干啥？不就是吃顿饺子吗？是的，这些年来，我每次回家，母亲都是给我包饺子。有时，节日碰上了星期天，我带着一家老小回去，母亲早已包好了一大盖垫水饺等着。尽管我没给她过打电话。至于节日的时令菜蔬，母亲是不准备的，除非确定我回家。她说：“谁知道你们回不回来？”

前年秋天，给母亲买了一件棉衣，本想邮寄回去，却鬼使神差，坐上了长途，一进村，正碰上母亲，我见她神色凝重，腋下还夹着几刀火纸。我知道，村里又有老人去世，母亲又要去吊唁，问她是谁老去了，她说：“村西头的郭三叔，夜儿哄上走的。”这让我心里咯噔了一下：“怎么可能？上次见到他时，还挺壮实咧！”

“唉，这有什么可能不可能的？”母亲叹了口气说，“俺们这些‘七十不留宿，八十不留饭’的老人，说死也就是早晨晚上的事儿，没啥壮实不壮实的。”

说到死，母亲很是坦然，但我的心却是酸酸的，好像母亲一下子进入了垂暮之年。而她无意说起的“七十不留宿，八十不留饭”，就像一根锋利的针，扎进了我酸酸的心里，让我感觉到懊悔与心痛！

从那以后，我就像负了一笔宿债似的，逢节必回，哪怕是算不上节日的“夏至”，也要回家吃上一碗母亲手擀的麻汁面。而这次，回家的路很是顺畅，全没有以前的颠簸。在村口下了车，没走几步，远远望见，南飞的大雁，悄无声息地排成“人”字形，近了我的头顶，而老槐树下，早已驼背的母亲，一手拄着拐杖，一手打着眼帘，正在街上往村口张望……秋风吹来，散乱了母亲稀疏的白发，连同老槐树下的片片黄叶，我鼻子一酸，禁不住泪水盈眶！

文／林海音

母亲的秘密

母亲在 28 岁上便做了寡妇。当母亲赶去青岛办了丧事回来后，外祖母也从天津赶来，她见了母亲第一句话便说：“收拾收拾，带了孩子回天津家里去住吧。”

母亲虽然痛哭着扑向外祖母的怀里，却摇着头说：“不，我们就这么过着，只当他还没有回来。”

既然决定带我和弟弟留在北平，母亲仿佛是从一阵狂风中回来，风住了，拍拍身上的尘土。我们的生活，很快在她的节哀之下，恢复了正常。

晚上的灯下，我们并没有因为失去父亲而感到寂寞或空虚。

母亲没有变，碰到弟弟顽皮时，母亲还是那么斜起头，鼓着嘴，装出生气的样子对弟弟说：“要是你爸爸在，一定会打手心的。”跟她以前常说“要是你爸爸回来，一定会打手心”时一模一样。

就这样，三年过去了。

三年后的一个春天，我们家里来了一位客人，普普通通，像其他的客人一样。母亲客气地、亲切地招待着他，这是母亲一向的性格，这种性格也是受往日父亲好客所影响的。更何况这位被我们称为“韩叔”的客人，本是父亲大学时代的同学，又是母亲中学时代的学长。有了这两重关系，韩叔跟我们也确实比别的客人更熟悉些。

他是从远方回来的，得悉父亲故去的消息，特地赶来探望我们。

不久，他调职到北平，我们有了更多的交往。

一个夏夜，燥热，我被钻进蚊帐的蚊虫所袭扰，醒来了。这时我听见了什么声音，揉开睡眼，隔着纱帐向外看去，我被那暗黄灯下的两个人影吓愣住了，我屏息着。

我看见母亲在抽泣，弯过手臂来搂着母亲的，是韩叔。母亲在抑制不住的哭声中，断断续续地说着："不，我有孩子，我不愿再……"

"是怕我待孩子不好吗？"是韩叔的声音。

过了一会儿，母亲停止了哭泣，她从韩叔的臂弯里躲出来："不，我想过许久了，你还是另外……"这次，母亲的话中没有哭音。

我说不出当时的心情——是恐惧？是厌恶？是忧伤？都有的。这是从来没有过的情绪，它使我久久不眠，我在孩提时代，第一次尝到失眠的痛苦。

我轻轻地转身向着墙，在恐惧、厌恶、忧伤的情绪交织下，静听母亲把韩叔送走，回来后脱衣、熄灯、上床、饮泣。最后我也在枕上留下一片潮湿，才不安地进入梦乡。

第二天早上我醒来时，看见对面床上的母亲竟意外地迟迟未起，她脸向里对我说："小荷，妈妈头疼，你从抽屉里拿钱带弟弟去买烧饼吃吧。"

我没有回答，在昨夜的那些复杂的心情上，仿佛又加了一层莫名的愤怒。

我记得那一整天上课我都没有注意听讲，我仔细研究母亲那夜的话，先是觉得很安心，过后又被一阵恐惧包围，我怕的是母亲有被韩叔夺去的危险。我虽知道韩叔是好人，可是仍有一种除了父亲以外，不应当有人闯进我们生活的感觉。

放学回家，我第一眼注意的是母亲的神情，她如往日一样照管我们，这使我的愤怒稍减。我虽未怒形于色，但心情却在不断地转变，忽喜、忽怒，忽忧、忽慰，如一锅滚开的水，冒着无数的水泡。

当日的心情是如此可怜可笑。

母亲和韩叔的事情，好像随时都有爆发的可能，这件心事常使我夜半在噩梦中惊醒。在黑暗中，我害怕地颤声喊着："妈——"听她在深睡中梦呓般地答应，才放心了。

其实，一切都是多虑的。我从母亲的行动、言语、神色中去搜寻可怕的证据，却从没有发现。就像从来没有发生过什么事情，母亲是如此宁静。

一直到两个月以后，韩叔离开北平，他被调回上海去了。再过半年，传来一个喜讯——韩叔要结婚了。母亲把那张粉红色的喜帖拿给我看，并且问我："小荷，咱们送什么礼物给韩叔呢？"

这时，一颗久被箍紧的心一下子松弛了，愉快和许久以来不原谅母亲的歉疚，两种突发的感觉糅在一起。我跑回房里，先抹去流下的泪水，然后拉开抽屉，拿出母亲给我们储蓄的银行存折，怀着复杂的感情，送到母亲的面前。

母亲对于我的举动莫名其妙，她接过存折，用怀疑的眼光看我。我快乐地说："妈，把存折上的钱全部取出来给韩叔买礼物吧。"

"傻孩子。"母亲也大笑，她用柔软的手捏捏我的嘴巴。她不会了解她的女儿啊。

这是 15 年前的往事了，从那以后，我们宁静地度过了许多年。

间或我们也听到一些关于韩叔的消息，我留神母亲的情态，她安详极了。

母亲的老朋友们都羡慕她有一对好儿女，唯有我自己知道，我们能够在完整无缺的母爱中成长，是靠了母亲曾经牺牲过一些什么才得到的。

文／史铁生

我与地坛

一

我在好几篇小说中都提到过一座废弃的古园，实际就是地坛。

许多年前旅游业还没有开展，园子荒芜冷落得如同一片野地，很少被人记起。

地坛离我家很近。或者说我家离地坛很近。总之，只好认为这是缘分。地坛在我出生前四百多年就坐落在那儿了，而自从我的祖母年轻时带着我父亲来到北京，就一直住在离它不远的地方——五十多年间搬过几次家，可搬来搬去总是在它周围，而且是越搬离它越近了。我常觉得这中间有着宿命的味道：仿佛这古园就是为了等我，而历尽沧桑在那儿等待了四百多年。

它等待我出生，然后又等待我活到最狂妄的年龄上忽地残废了双腿。四百多年里，它一面剥蚀了古殿檐头浮夸的琉璃，淡褪了门壁上炫耀的朱红，坍圮了一段段高墙又散落了玉砌雕栏，祭坛四周的老柏树愈见苍幽，到处的野草荒藤也都茂盛得自在坦荡。

这时候想必我是该来了。十五年前的一个下午，我摇着轮椅进入园中，它为一个失魂落魄的人把一切都准备好了。那时，太阳循着亘古不变的路途正越来越大，也越红。在满园弥漫的沉静光芒中，一个人更容易看到时间，并看见自己的身影。

自从那个下午我无意中进了这园子，就再没长久地离开过它。

我一下子就理解了它的意图。正如我在一篇小说中所说的：“在人口密聚的城市里，有这样一个宁静的去处，像是上帝的苦心安排。”

两条腿残废后的最初几年，我找不到工作，找不到去路，忽然间几乎什么都找不到了，我就摇了轮椅总是到它那儿去，仅为着那儿是可以逃避一个世界的另一个世界。我在那篇小说中写道：“没处可去我便一天到晚耗在这园子里。跟上班下班一样，别人去上班我就摇了轮椅到这儿来。园子无人看管，上下班时间有些抄近路的人们从园中穿过，园子里活跃一阵，过后便沉寂下来。”

“园墙在金晃晃的空气中斜切下一溜荫凉，我把轮椅开进去，把椅背放倒，坐着或是躺着，看书或者想事，撅一杈树枝左右拍打，驱赶那些和我一样不明白为什么要来这世上的小昆虫。”“蜂儿如一朵小雾稳稳地停在半空；蚂蚁摇头晃脑捋着触须，猛然间想透了什么，转身疾行而去；瓢虫爬得不耐烦了，累了祈祷一回便支开翅膀，忽悠一下升空了；树干上留着一只蝉蜕，寂寞如一间空屋；露水在草叶上滚动，聚集，压弯了草叶轰然坠地摔开万道金光。”

“满园子都是草木竞相生长弄出的响动，悉悉碎碎片刻不息。”这都是真实的记录，园子荒芜但并不衰败。

除去几座殿堂我无法进去，除去那座祭坛我不能上去而只能从各个角度张望它，地坛的每一棵树下我都去过，差不多它的每一米草地上都有过我的车轮印。无论是什么季节，什么天气，什么时间，我都在这园子里待过。有时候待一会儿就回家，有时候就待到满地上都亮起月光。

记不清都是在它的哪些角落里了。我一连几小时专心致志地想关于死的事，也以同样的耐心和方式想过我为什么要出生。这样想了好几年，最后事情终于弄明白了：一个人，出生了，这就不再是一个可以辩论的问题，而只是上帝交给他的一个事实；上帝在交给我们这件事实的时候，已经顺便保证了它的结果，所以死是一件不必急于求成的事，死是一个必然会降临的节日。这样想过之看我安心多了，眼前的一切不再那么可怕。比如你起早熬夜准备考试的时候，忽然想起有一个长长的假期在前面等待你，你会不会觉得轻松一点？并且庆幸并且感激这样的安排？剩下的就是怎样活的问题了，这却不是在某一个瞬间就能完全想透的、不是一次性能够解决的事，怕是活多久就要想它多久了，就像是伴你终生的魔鬼或恋人。所以，十五年了，我还是总得到那古园里去、去它的老树下或荒草边或颓墙旁，去默坐，去呆想，去推开耳边的嘈杂理一理纷乱的思绪，去窥看自己的心魂。

十五年中，这古园的形体被不能理解它的人肆意雕琢，幸好有些东西是任谁也不能改变它的。譬如祭坛石门中的落日，寂静的光辉平铺的一刻，地上的每一个坎坷都被映照得灿烂；譬如在园中最为落寞的时间，一群雨燕便出来高歌，把天地都叫喊得苍凉；譬如冬天雪地上孩子的脚印，总让人猜想他们是谁，曾在哪儿做过些什么、然后又都到哪儿去了；譬如那些苍黑的古柏，你忧郁的时候它们镇静地站在那儿，你欣喜的时候它们依然镇静地站在那儿，它们没日没夜地站在那儿，从你没有出生一直站到这个世界上又没了你的时候；譬如暴雨骤临园中，激起一阵阵灼烈而清纯的草木和泥土的气味，让人想起无数个夏天的事件；譬如秋风忽至，再有一场早霜，落叶或飘摇歌舞或坦然安卧，满园中播散着熨帖而微苦的味道。味道是最说不清楚的。味道不能写只能闻，要你身临其境去闻才能明了。味道甚至是难于记忆的，只有你又闻到它你才能记起它的全部情感和意蕴。所以我常常要到那园子里去。

二

现在我才想到，当年我总是独自跑到地坛去，曾经给母亲出了一个怎样的难题。

她不是那种光会疼爱儿子而不懂得理解儿子的母亲。她知道我心里的苦闷，知道不该阻止我出去走走，知道我要是老待在家里结果会更糟，但她又担心我一个人在那荒僻的园子里整天都想些什么。我那时脾气坏到极点，经常是发了疯一样地离开家，从那园子里回来又中了魔似的什么话都不说。母亲知道有些事不宜问，便犹犹豫豫地想问而终于不敢问，因为她自己心里也没有答案。她料想我不会愿意她跟我一同去，所以她从未这样要求过，她知道得给我一点独处的时间，得有这样一段过程。她只是不知道这过程得要多久，和这过程的尽头究竟是什么。每次我要动身时，她便无言地帮我准备，帮助我上了轮椅车，看着我摇车拐出小院；这以后她会怎样，当年我不曾想过。

有一回我摇车出了小院；想起一件什么事又返身回来，看见母亲仍站在原地，还是送我走时的姿势，望着我拐出小院去的那处墙角，对我的回来竟一时没有反应。待她再次送我出门的时候，她说："出去活动活动，去地坛看看书，我说这挺好。"许多年以后我才渐渐听出，母亲这话实际上是自我安慰，是暗自的祷告，是给我的提示，是恳求与嘱咐。只是在她猝然去世之后，我才有余暇设想。当我不在家里的那些漫长的时间，她是怎样心神不定坐卧难宁，兼着痛苦与惊恐与一个母亲最低限度的祈求。现在我可以断定，以她的聪慧和坚忍，在那些空落的白天后的黑夜，在那不眠的黑夜后的白天，她思来想去最后准是对自己说：

“反正我不能不让他出去，未来的日子是他自己的，如果他真的要在那园子里出了什么事，这苦难也只好我来承担。”在那段日子里——那是好几年长的一段日子，我想我一定使母亲做过了最坏的准备了，但她从来没有对我说过：“你为我想想”。事实上我也真的没为她想过。那时她的儿子，还太年轻，还来不及为母亲想，他被命运击昏了头，一心以为自己是世上最不幸的一个，不知道儿子的不幸在母亲那儿总是要加倍的。她有一个长到二十岁上忽然截瘫了的儿子，这是她唯一的儿子；她情愿截瘫的是自己而不是儿子，可这事无法代替；她想，只要儿子能活下去哪怕自己去死呢也行，可她又确信一个人不能仅仅是活着，儿子得有一条路走向自己的幸福；而这条路呢，没有谁能保证她的儿子终于能找到。——这样一个母亲，注定是活得最苦的母亲。

有一次与一个作家朋友聊天，我问他学写作的最初动机是什么？他想了一会说：“为我母亲。为了让她骄傲。”我心里一惊，良久无言。回想自己最初写小说的动机，虽不似这位朋友的那般单纯，但如他一样的愿望我也有，且一经细想，发现这愿望也在全部动机中占了很大比重。这位朋友说：“我的动机太低俗了吧？”我光是摇头，心想低俗并不见得低俗，只怕是这愿望过于天真了。他又说：“我那时真就是想出名，出了名让别人羡慕我母亲。”我想，他比我坦率。我想，他又比我幸福，因为他的母亲还活着。而且我想，他的母亲也比我的母亲运气好，他的母亲没有一个双腿残废的儿子，否则事情就不这么简单。

在我的头一篇小说发表的时候，在我的小说第一次获奖的那些日子里，我真是多么希望我的母亲还活着。我便又不能在家里待了，又整天整天独自跑到地坛去，心里是没头没尾的沉郁和哀怨，走遍整个园子却怎么也想不通：母亲为什么就不能再多活两年？为什么在她儿子就快要碰撞开一条路的时候，她却忽然熬不住了？莫非她来此世上只是为了替儿子担忧，却不该分享我的一点点快乐？她匆匆离我去时才只有四十九呀！有那么一会，我甚至对世界对上帝充满了仇恨和厌恶。后来我在一篇题为《合欢树》的文章中写道：“我坐在小公园安静的树林里，闭上眼睛，想，上帝为什么早早地召母亲回去呢？很久很久，迷迷糊糊的我听见了回答：‘她心里太苦了，上帝看她受不住了，就召她回去。’我似乎得了一点安慰，睁开眼睛，看见风正从树林里穿过。”小公园，指的也是地坛。

只是到了这时候，纷纭的往事才在我眼前幻现得清晰，母亲的苦难与伟大才在我心中渗透得深彻。上帝的考虑，也许是对的。

摇着轮椅在园中慢慢走，又是雾罩的清晨，又是骄阳高悬的白昼，我只想着一件事：母亲已经不在了。在老柏树旁停下，在草地上在颓墙边停下，又是处处虫鸣的午后，又是鸟儿归巢的傍晚，我心里只默念着一句话：可是母亲已经不在了。把椅背放倒，躺下，似睡非睡挨到日没，坐起来，心神恍惚，呆呆地直坐到古祭坛上落满黑暗然后再渐渐浮起月光，心里才有点明白，母亲不能再来这园中找我了。

曾有过好多回，我在这园子里待得太久了，母亲就来找我。她来找我又不想让我发觉，只要见我还好好地在这园子里，她就悄悄转身回去，我看见过几次她的背影。我也看见过几回她四处张望的情景，她视力不好，端着眼镜像在寻找海上的一条船，她没看见我时我已经看见她了，待我看见她也看见我了我就不去看她，过一会我再抬头看她就又看见她缓缓离去的背影。我单是无法知道有多少回她没有找到我。有一回我坐在矮树丛中，树丛很密，我看见她没有找到我；她一个人在园子里走，走过我的身旁，走过我经常待的一些地方，步履茫然又急迫。我不知道她已经找了多久还要找多久，我不知道为什么我决意不喊她——但这绝不是小时候的捉迷藏，这也许是出于长大了的男孩子的倔强或羞涩？但这倔只留给我痛悔，丝毫也没有骄傲。我真想告诫所有长大了的男孩子，千万不要跟母亲来这套倔强，羞涩就更不必，我已经懂了可我已经来不及了。

儿子想使母亲骄傲，这心情毕竟是太真实了，以致使“想出名”这一声名狼藉的念头也多少改变了一点形象。这是个复杂的问题，且不去管它了罢。随着小说获奖的激动逐日暗淡，我开始相信，至少有一点我是想错了：我用纸笔在报刊上碰撞开的一条路，并不就是母亲盼望我找到的那条路。年年月月我都到这园子里来，年年月月我都要想，母亲盼望我找到的那条路到底是什么。

母亲生前没给我留下过什么隽永的哲言，或要我恪守的教诲，只是在她去世之后，她艰难的命运，坚忍的意志和毫不张扬的爱，随光阴流转，在我的印象中愈加鲜明深刻。

有一年，十月的风又翻动起安详的落叶，我在园中读书，听见两个散步的老人说：“没想到这园子有这么大。”我放下书，想，这么大一座园子，要在其中找到她的儿子，母亲走过了多少焦灼的路。多年来我头一次意识到，这园中不单是处处都有过我的车辙，有过我的车辙的地方也都有过母亲的脚印。（节选）

文／老舍

我的母亲

母亲生在农家，所以勤俭诚实，身体也好。这一点事实却极重要，因为假若我没有这样的一位母亲，我以为我恐怕也就要大大地打个折扣了。

母亲出嫁大概是很早，因为我的大姐现在已是六十多岁的老太婆，而我的大外甥女还长我一岁啊。我有三个哥哥，四个姐姐，但能长大成人的，只有大姐，二姐，三哥与我。我是“老”儿子。生我的时候，母亲已有四十一岁，大姐二姐已都出了阁。

由大姐与二姐所嫁人的家庭来推断，在我生下之前，我的家里，大概还马马虎虎的过得去。那时候订婚讲究门当户对，而大姐丈是作小官的，二姐丈也开过一间酒馆，他们都是相当体面的人。

可是，我，我给家庭带来了不幸：我生下来，母亲晕过去半夜，才睁眼看见她的老儿子——感谢大姐，把我揣在怀里，致未冻死。

一岁半，我的父亲“剋”死了。

兄不到十岁，三姐十二三岁，我才一岁半，全仗母亲独立抚养了。父亲的寡姐跟我们一块儿住，她吸鸦片，她喜摸纸牌，她的脾气极坏。

为我们的衣食，母亲要给人家洗衣服，缝补或裁缝衣裳。在我的记忆中，她的手终年是嫩红微肿的。白天，她洗衣服，洗一两大绿瓦盆。她做事永远丝毫也不敷衍，就是屠户们送来的黑如铁的布袜，她也给洗得雪白。晚间，她与三姐抱着一盏油灯，还要缝补衣服，一直到半夜。她终年没有休息，可是在忙碌中她还把院子屋中收实得清清爽爽。桌椅都是旧的，柜门铜活久以残缺不全，可是她的手老使破桌面上没有尘土，残破的铜活发着光。院中，父亲遗留下的几盆石榴与夹竹桃，永远会得到应有的浇灌与爱护，年年夏天开许多花。

哥哥似乎没有同我玩耍过。有时候，他去读书；有时候，他去学徒；有时候，他也去卖花生或樱桃之类的小东西。母亲含着泪把他送走，不到两天，又含着泪接他回来。我不明白这都是什么事，而只觉得与他很生疏。与母亲相依如命的是我与三姐。因此，他们做事，我老在后面跟着。他们浇花，我也张罗着取水；他们扫地，我就撮土……从这里，我学得了爱花，爱清洁，守秩序。这些习惯至今还被我保存着。

有客人来，无论手中怎么窘，母亲也要设法弄一点东西去款待。舅父与表哥们往往是自己掏钱买酒肉食，这使她脸上羞得飞红，可是殷勤地给他们温酒做面，又给她一些喜悦。遇上亲友家中有喜丧事，母亲必把大褂洗得干干净净，亲自去贺吊——份礼也许只是两吊小钱。到如今为我的好客的习性，还未全改，尽管生活是这么清苦，因为自幼儿看惯了的事情是不易于改掉的。

姑母常闹脾气。她单在鸡蛋里找骨头。她是我家中的阎王。直到我入了中学，她才死去，我可是没有看见母亲反抗过。“没受过婆婆的气，还不受大姑子的吗？命当如此！”母亲在非解释一下不足以平服别人的时候，才这样说。是的，命当如此。母亲活到老，穷到老，辛苦到老，全是命当如此。她最会吃亏。给亲友邻居帮忙，她总跑在前面：她会给婴儿洗三——穷朋友们可以因此少花一笔“请姥姥”钱——她会刮痧，她会给孩子们剃头，她会给少妇们绞脸……凡是她能做的，都有求必应。但是吵嘴打架，永远没有她。她宁吃亏，不斗气。当姑母死去的时候，母亲似乎把一世的委屈都哭了出来，一直哭到坟地。不知道哪里来的一位侄子，声称有继承权，母亲便一声不响，教他搬走那些破桌子烂板凳，而且把姑母养的一只肥母鸡也送给他。

可是，母亲并不软弱。母亲死在庚子闹“拳”的那一年。联军入城，挨家搜索财物鸡鸭，我们被搜过两次。母亲拉着哥哥与三姐坐在墙根，等着“鬼子”进门，街门是开着的。“鬼子”进门，一刺刀先把老黄狗刺死，而后入室搜索。他们走后，母亲把破衣箱搬起，才发现了我。假若箱子不空，我早就被压死了。竽上跑了，丈夫死了，鬼子来了，满城是血光火焰，可是母亲不怕，她要在刺刀下，饥荒中，保护着儿女。北平有多少变乱啊，有时候兵变了，街市整条地烧起，火团落在我们的院中。有时候内战了，城门紧闭，铺店关门，昼夜响着枪炮。这惊恐，这紧张，再加上一家饮食的筹划，儿女安全的顾虑，岂是一个软弱的老寡妇所能受得起的？可是，在这种时候，母亲的心横起来，她不慌不哭，要从无办法中想出办法来。她的泪会往心中落！这点软而硬的个性，也传给了我。我对一切人与事，都取和平的态度，把吃亏看作当然的。但是，在做人上，我有一定的宗旨与基本的法则，什么事都可以将就，而不能超过自己画好的界限。我怕见生人，怕办杂事，怕出头露面；但是到了非我去不可的时候，我便不敢不去，正像我的母亲。从私塾到小学，到中学，我经历过起码有二十位教师吧，其中有给我很大影响的，也有毫无影响的，但是我的真正的教师，把性格传给我的，是我的母亲。母亲并不识字，她给我的是生命的教育。

当我在小学毕了业的时候，亲友一致地愿意我去学手艺，好帮助母亲。我晓得我应当去找饭吃，以减轻母亲的勤劳困苦。可是，我也愿意升学。我偷偷地考入了师范学校——制服，饭食，书籍，宿处，都由学校供给。只有这样，我才敢对母亲说升学的话。入学，要交十元的保证金。这是一笔巨款！母亲作了半个月的难，把这巨款筹到，而后含泪把我送出门去。她不辞劳苦，只要儿子有出息。当我由师范毕业，而被派为小学校校长，母亲与我都一夜不曾合眼。我只说了句："以后，您可以歇一歇了！"她的回答只有一串串的眼泪。我入学之后，三姐结了婚。母亲对儿女是都一样疼爱的，但是假若她也有点偏爱的话，她应当偏爱三姐，因为自父亲死后，家中一切的事情都是母亲和三姐共同撑持的。三姐是母亲的右手，但是母亲知道这右手必须割去，她不能为自己的便利而耽误了女儿的青春。当花轿来到我们的破门外的时候，母亲的手就和冰一样的凉，脸上没有血色——那是阴历四月，天气很暖。大家都怕她晕过去。可是，她挣扎着，咬着嘴唇，手扶着门框，看花轿徐徐地走去。不久，姑母死了。三姐已出嫁，哥哥不在家，我又住学校，家中只剩母亲自己。她还须自晓至晚的操作，可是终日没人和她说一句话。新年到了，正赶上政府倡用阳历，不许过旧年。除夕，我请了两小时的假。由拥挤不堪的街市回到清炉冷灶的家中。母亲笑了。及至听说我还须回校，她愣住了。半天，她才叹出一口气来。到我该走的时候，她递给我一些花生："去吧，小子！"街上是那么热闹，我却什么也没看见，泪遮迷了我的眼。今天，泪又遮住了我的眼，又想起当日孤独地过那凄惨的除夕的慈母。可是慈母不会再候盼着我了，她已入了土！

儿女的生命是不依顺着父母所设下的轨道一掷千金的，所以老人总免不了伤心。我二十三岁，母亲要我结了婚，我不要。我请来三姐给我说情，老母含泪点了头。我爱母亲，但是我给了她最大的打击。时代使我成为逆子。二十七岁，我上了英国。为了自己，我给六十多岁的老母以第二次打击。在她七十大寿的那一天，我还远在异域。那天，据姐姐们后来告诉我，老太太只喝了两口酒，很早便睡下。她想念她的幼子，而不便说出来。

七七抗战后，我由济南逃出来。北平又像庚子那年似的被鬼子占据了。可是母亲日夜惦念的幼子却跑西南来。母亲怎样想念我，我可以想象得到，可是我不能回去。每逢接到家信，我总不敢马上拆看，我怕，怕，怕，怕有那不祥的消息。人，即使活到八九十岁，有母亲便可以多少还有点孩子气。失了慈母便像花插在瓶子里，虽然还有色有香，却失去了根。有母亲的人，心里是安定的。我怕，怕，怕家信中带来不好的消息，告诉我已是失了根的花草。

去年一年，我在家信中找不到关于母亲的起居情况。我疑虑，害怕。我想象得到，若不是不幸，家中念我流亡孤苦，或不忍相告。母亲的生日是在九月，我在八月半写去祝寿的信，算计着会在寿日之前到达。信中嘱咐千万把寿日的详情写来，使我不再疑虑。十二月二十六日，由文化劳军的大会上回来，我接到家信。我不敢拆读。就寝前，我拆开信，母亲已去世一年了！

生命是母亲给我的。我之能长大成人，是母亲的血汗灌养的。我之所以能成为一个不十分坏的人，是母亲感化的。我的性格，习惯，是母亲传给的。她一世未曾享过一天福，临死还吃的是粗粮。唉！还说什么呢？心痛！心痛！

文／凸凹

爱在爱中

父亲虽然已离去十六个年头了，但他的音容笑貌依然清晰如昨，常出现在我的梦境。特别是一到年关，一到清明，一到送寒衣的时节，他肯定会与我在梦中相遇——嗫嚅的语态，谦卑的表情，全如生前模样。所以，明明知道是梦，也不愿醒来，与他促膝对话，缠绵在一起。

醒来就忧郁，恨长夜苦短，不照拂人的心情，使父子重归永隔。便赶紧到路边的荒处，依故乡老例，画一枚信封，写上老家的地址和他的名姓，在信封的中央，烧几串纸钱，给他“寄”去。明明是风势暗猛，且风向不定，但火焰一旦生起，风竟和煦了，且径直吹向故乡的方向，令人惊奇不已。都说这是迷信，其实是生者对逝者牵挂得重，神情趋于恍惚，感应在感应里，直至不能自已。

从记事起，就感到父亲的性情和他的身量是不统一的。他身材高大，面相俊峻，有天然之威。但他始终寡言，语调也和缓，给人以厚道，而不是怕。白日里在田堰里劳作，已然是累了，但一回到家中，就不言不语地去担水。村人吃村西古井里的泉水，相通的道路窄而崎岖，父亲担水的步态却又疾又稳，如履大道与平地。总是把一口大缸担得满溢，才止步歇息。那时的日子很清苦，但见到家中缸满，便陡然增添了在苦日子里隐忍的底气。

有一个时节，山村旱涝频仍，收益几稀，粮食只够一季。粮断之后，瓜菜代之，继之以野菜树皮。到了最后，满眼秃树，地面上也少有可充饥之物。三岁的三弟本可以直立，饥饿又使他复归于爬。困厄之中，母亲只有唠叨与怨尤，空气凝重，更添了几分愁。父亲凄然一笑，说，命运不理会废话，沟坎不理会腿瘸，只理会不服软的人——咬一咬自己的后槽牙，总会有活路可走。撂下这番话，他背起两挂羊毛大绳，走了。

悬崖峭壁之上，居停着一种怪异的复齿鼯鼠，村里人称之为“寒号鸟”。它体似松鼠，前后肢间生有宽大多毛的飞膜，孤傲地在山间滑翔，且常在夜深风高时发出凄哀的锐叫，一如啼饥号寒。名贵的是它的粪便，是上好的中药，医生的方笺上写着：五灵脂。都知道五灵脂可以换钱，但它窝藏在陡处，采取之时，有生命之虞。在记忆里，已有人跌下山谷，落得无完整尸骨，所以，即便是村里的精壮，也大都望而却步。父亲的去处，就是这样的陡处，家人的生路，让他别无选择，付以向死而生的决绝。父亲走后，母亲脸白而泣，因为这背后的预想，她心知肚明。哭暗了天地，升起了星斗，父亲居然盈满而归，只是两只膝盖都磨破了，露出森然白骨。母亲的心力只够喊出一声“我的天啊”，就晕倒于地。事后她说，肚饿可忍，不可忍的是设想中的惊怕，一如不死也死。

五灵脂换来了几口袋土豆和红薯，疗救了饥饿，膨大了父亲的形象，我们心中敬重。那时的敬重不过是在苦寒面前不喊，在艰难面前忍受，不再给他增添忧烦。便很早就懂事、知趣，且以苦为乐，不怨天尤人。譬如到山外去读书，中午的干粮总是粥，并且稀得可以照见自己的面影，喝进肚里，非但不能饱，而且还会招引饥饿。因此，村里的孩子大多都辍学了。我却依旧坚持，心里想，粥再稀，究竟是干粮，究竟是贫贱父母的肥厚心肠，唯一的回报，就是埋头苦读。

父亲后来当了支书，有了到县城开会的机会。那天回来，他在我的那所学校落了一下脚，从布袋里掏出两个馒头，塞给我。我知道那是他撙下的会议用餐，关爱之下，是他自己的辘辘饥肠。心里自然是热，眼角也自然是酸涩，但还是笑着收下来。父亲也不说话，转身就走。望着他的背影，我顿生感慨：父亲的身材就是好，肩膀宽阔，腰身挺拔，即便是一个山里的农民，一点也不委琐。

我把那两个馒头，收在书包的最底处，拿回家里，放到家人的餐桌之上。父亲看到，眼圈立刻就红了，忍了几忍，还是掉下泪来。他说，你这样做，更让我感到做父亲的无用。我说，你的馒头，大家分享，情意自然就衍生开来，一如母猪下崽，让大家爱在爱中，都感到温暖，怎么能说无用？我的话，让他很感动，以至于偌大的一条汉子，居然很羞涩地低下头去，嗫嚅道，你真是长大了。

后来我以全县第二名的成绩考入了县里的重点高中。报到那天，他说，我口袋里也没有稀罕之物，唯一的贵重，是我本人的送。他背着我的铺盖，挟着我的胳膊，上了公共汽车。下车之后，还需走四里多的路程，背囊就显得重。我几次要求跟他替换一下，他都说，不用不用，既然是我送你，你就安心受用。一路上他也不说话，只是当头上有飞机低低地飞过，他嘿嘿一笑，说，儿子，它飞得这么低，咋就不担心掉下来？到了学校，我对他说，爸，你赶紧回吧，不然就赶不上末班车了。他说不急不急，我必须把铺盖给你送到宿舍，待彻底安顿了，我才松心如意。他执意送到了宿舍，亲自把被褥在床板上铺舒展、弄妥帖，一举一动，精心、细致，一如母亲。到底是错过了坐车的时辰，想到那几十里的山路，我说，你就跟我挤上一晚吧。他说，不成不成，我又不是学生，不能占学校的便宜，再说，那几十里山路对我来说是小意思，有星星月亮作伴，岂不更惬意。

然而惬意的事情是不属于他的。在重点高中就读，学费、饭费、住宿费，加起来是贵的，而山村的家庭殊少财路，只有到了年底结算才能分到少许的现钱，平常用度，只能靠借。山村地瘦，生民无多余膏腴，朝人张口，颇费踌躇。急难之下，母亲说，亏你还当着支书，就不能想一想“变”钱的路数。一个变字，让父亲的脸黑得凝重，他说，我父亲是三八年的老党员，一辈子以清正为荣，墙上总挂着伟人的手书：发扬革命传统，争取更大光荣。这一如镇鬼的符咒，压着心中的邪气，便不敢歪。再说，我上有老下有小，都要认真对待——对老要敬，俗称孝；对小要爱，俗称护。护小不能欺老，才是男人的周正。他考虑的是一个长远的问题，就是忠实地延续被祖父造就并极端看重的家风。他便做了一个悲壮的抉择，到隔岭的煤窑，当了一个窑工。

他的举动，对我的触动是大的，我不敢懈怠，终于学有所成——上了大学、当了干部，可谓一路顺风。春节的一天，父子对酌，脸红耳热，都感到光景好。喜乐在喜乐中，父亲突然说，我给你看一样东西。他从房柁上取下来一个包袱，打开已褪了颜色的包袱皮，呈现在眼前的，竟是一摞小学生用的练习本。每个本子的封面，都一笔一画地写着他的大号，虽经岁月，字体的颜色，还是重的。打开本子，密密麻麻的字体也是那么工整，简直是笔笔不苟。那是他当支书时的会议记录、生产计划和工作日志，记得事无巨细，不分详略，一如生活的每一天都是应该好生过的日子，都值得爱惜。他嘿嘿一笑，说，我当支书的时候，上边的每一次会议我都认真传达，生产的每一个季节我都没有错过，堰田的每一处地块我都没有荒疏，空口无凭，有字为证。

我突然明白了，在父亲心中，家庭的事再大，也是小，村里的事再小，也是大，他真正的期许，还是要活得有社会作为。然而他只是一个普通的农民，没有纵横捭阖、伸展自如的能力，终究是陷于小中，便在知足中有不甘，在周正中有遗憾。这一切，他都埋在心底，兀自承受，对他人，只送关爱，不说所以。

就这么周正的一个人，后来居然得了癌症，让我有了愧疚之上更上的愧疚。那时我已经有了一个官位，有了自己的专车、有了可以动用的人脉，便不顾一切地施以回报。看病的路上，父亲说，你能不能不用公车拉我，我一个普通农民，在这样的车上坐着，屁股底下会着火。在病房里，看着你进我出的探视者，父亲说，你能不能不让他们来，我只是你一个人的父亲，对旁人无恩。我说，不要计较这些，你只需安心养病。他说，就连阎老西（阎锡山）都知道，不慎于初，必悔于终。你这样做，不但减轻不了我的病，还是在给你自己找病。

不敢拂逆他的意志，一切就轻减了。一个人陪他上医院，来来去去都坐公共汽车。那一次去友谊医院，抽血、穿刺、下胃管，一系列检查下来，他整个人都散了身架，躺在医院走廊的木椅上，无声地缩成一团。我悲从心起，给司机打电话，要把车调过来。刚接通电话，他猛地坐起来，吼道，你敢！

坐在公共汽车的硬座上，由于久病的消瘦，他的臀部只剩下了两块骨头，便总也坐不稳，左掂右转，不停地替换，且发出细小的呻吟。我蹲在他身边，给他换过来的一边按摩。那曾经是壮大的一个腰身，现在看来，却一如八岁儿童一般弱小。为了缓解他的痛苦，我调侃道，爸，你竟返老还童了。他强睁开疲沓的眼皮，无奈地笑道，你真是饱汉子不知饿汉子饥，我都这样了，你还拿我开心。之后，他依旧摇晃，依旧呻吟。我感到了命运的力量——即便是这样一个耿直自尊的人，毕竟也是一个肉身，也怕病苦，也怕疼。我哭了。

临去世的那个晚上，他拉着我的手说，你一定要听我的话，我走之后，一把火烧掉。我说，咱山里允许土葬。他说，你想想，你是谁，我又是谁，即便不是支部书记了，还依旧是在组织的党员。

送他火葬的那天，我没有哭，因为内心盈满。他即便是离去，也给后人留下体贴与关爱。在世是父，去世是魂——我们心心相印，爱在爱中，已了无生死。